もくじ

鳥獣戯画　9
庭にくる鳥　17
ねこ　20
蚊・蚤《のみ》・蝿《はえ》・われら　29
なまいき　37
体育と私　45
武蔵野に住んで　49
西田町一丁目　55
*
父　65
私と物理実験　71

ある日のできごと　77
垣《かき》ねの外、塀《へい》の下　80
鏡のなかの世界　88
かがみ再論　93
見える光、見えない光　95
＊
原子研究の町――プリンストンの一年　103
ボロ家の楽しみ　115
わが放浪記　119
十年のひとりごと　124
＊

わが師・わが友 131
思い出ばなし 144

*

物理と哲学と政治 173
暗い日の感想 182
原子核研究と科学者の態度 197
著者略歴 220
もっと朝永振一郎を知りたい人のためのブックガイド 221

朝永振一郎　見える光、見えない光

鳥獣戯画

ずっと前から「鳥獣戯画」という絵巻物がほしくてたまらなかった。ほん物は国宝で手が出ないから、やむなく複製で満足するとしても、せめて実物大、そしてちゃんと巻物になったのがほしい。ところが去年の暮ごろ、新聞に注文どおりの品の広告が出ていたので、早速とりよせ、長年の望みがかなった。

この絵巻の主人公は兎《うさぎ》と猿《さる》と蛙《かえる》であって、あと狐《きつね》と鹿と猪《いのしし》と猫と鼠《ねずみ》と雉《きじ》と木菟《みみずく》が登場する。そしてこれらの生きものが人間のやるような色々なことをするのである。

絵巻は猿や兎が競泳をしている谷川の情景から始まる。そこには豊かな谷水が淙々《そうそう》と流れていて、動物たちが飛び込んでは泳ぐしぶきの音が実さい耳に聞こえてくるようだ。そして一着になった兎が優勝者の特権でもあろうか、仔鹿にまたがって今し上陸しようとしている。そのうしろからは二着の猿が水から上りながら、一着の兎に向って手で水を跳《は》ねかけようとしている。途中で一ぴきの猿が溺《おぼ》れたようで、川の中の大きな岩に助け上げられ、仲間の猿がそれを介抱しているが、岩の上には兎も一ぴき立っていて、ちょっと心配そうな顔つきだ。どうやらこの兎は猿の溺れるのを見、あわてて陸からかけつけたらしく、手に柄杓《ひしゃく》などを持っている。水に溺れ、たっぷり水を飲んだ猿にまた水を飲まそうとでも思ったのか、とにかく気が転倒し、見当ちがいの柄杓などを咄嗟《とっさ》に持ち出したのであろう。人間でもこういうときやりそうなことである。

続いて絵巻をひろげて行くと、山や野が時には近く時には遠く移りかわって、やがて秋草の花咲く野があらわれ、次の場面へと連続する。

その場面は兎と蛙との弓仕合である。いま兎チームの一ぴきが射る番で、蓮の葉をつるした的に向って矢を放とうとしている。的のところには立合いの兎と蛙とが一ぴきずつ居り、中立の狐が審判役で松明《たいまつ》に火をつけ、何時でも合図のできる態勢だ。変っているのは、狐が自分の太いしっぽの先に火をつけ、それを松明代りにしていることだ。一方蛙チームは出番を待つあいだ、ウォーミングアップをしようと弓を引く姿勢をしているもの、矢が曲っていないことをしらべようと目を眇《すが》めてそれを確かめているもの、また矢を放つ兎の様子を見ながら、次の出番の仲間に何か指示でもしているらしいもの、思い思いに色々なことをしている。

仕合がすむと両チーム親睦《しんぼく》の会が始まる。色々な食べ物や酒の甕《かめ》や酒器などを、釣台《つりだい》にのせたり、棒を通してぶら下げたり、あるいは肩にかついだりして、兎や蛙が次々にいそいそと運んでくる。賞品でもあろうか、何か折敷《おしき》にのせた品物を頭にのせて運ぶのは狐だ。そして団長らしい兎が、みんな集まれ、とでも言うように扇子《せんす》で合図をし、するとあちらからもこちらからも嬉々として走ってくる兎たち。みな生き生きと陽気で楽しげで、人間もこんなときやりそうな、そういう姿かたちである。なかでも、兎と蛙と二ひきでかついでくる釣台の上にかぶせた覆《おおい》のすき間から、中に何が入っているか覗《のぞ》こうとしている兎のしぐさは、何とも言えず無邪気でかわいらしい。

途中をとばして先へ進むと、兎と蛙の相撲《すもう》の場面。見れば兎は仲間の応援にもかかわらず苦戦のさまで、結局やゝっとばかり蛙に投げとばされてしまった。すると、あまりにも見事なその投げられぶりに、応援の蛙たちは、ワハハハ、ゲラゲラと腹が痛くなるほど笑いこけている。何しろ、蛙が右足を兎の左足にかけるや否や、その大きな口で兎の耳をぐわっと銜《くわ》えぐいと捻《ひね》って引き付けたからたまらない、兎の顔はうしろ向けになり、のけぞるように耳ごと引っぱられ、かくて、なすすべもなく兎は敗退した。こんな愉快な手を考え出し、画面の蛙に演じさせて喜んでいる絵師の茶目っ気もまた楽しい。

そうこうしながら巻の終りに近づくと、猿と兎と狐と蛙とが一斉に登場する法会《ほうえ》の場、そしてそれに続く布施《ふせ》の場になる。

大きな樹の下に台があり、その上に蓮の葉が敷かれ、そこに一ぴきの蛙が結跏趺坐《けっかふざ》(1)して仏像の形をしている。像の前では、法衣《ほうえ》と袈裟《けさ》をまとった猿が像に向って経をあげて居り、そのうしろで経机《きょうづくえ》を前に読経《どきょう》を和しているのは控え僧役の兎と狐である。そしてこの三びきの僧をとりかこんで、多ぜいの猿、狐、兎、蛙が、手に手に数珠《じゅず》を持って座り、僧の読む経を聞いている様子。その中には喪主《もしゅ》の猿と狐が居り、猿は泣き泣き袖で涙を拭《ふ》いている。さらにこの多ぜいの動物たちのうしろには、物乞いをする祈禱師《きとうし》か何かであろうか、一ぴきの猿が物ほしげに手を出して立っている。

次の布施の場では、前の場で仏像に経をあげていた猿であろう正装の僧が、威儀を正して正面にいる。そしてその前には、布施の品々の入った大きな袋や、台にのせた鉢に山なす盛られた果物や、枝に着いた何かの果実が供えてあり、おまけに籠《かご》に山盛りの西瓜《すいか》や何かを、今し一ぴきの兎が運んできた。ところが正面の猿は供物《くもつ》の一部をすでにほおばっているようで、僻目《ひがめ》であろうか、その両頬は異様にふくれて見える。何とも皮肉な画面だが、これまた人間のやりそうなことだ、と言えば、お寺さまに叱られるであろうか。

この絵巻は、京都の西北栂尾《とがのお》という所に建つ古く由緒ある寺、高山寺《こうさんじ》(2)に伝えられていたのである。この栂尾の地は、すくすくと伸び立つ北山杉で一面に覆われた美しい谷あいにあり、ここに寺を開いたのは明恵上人《みょうえしょうにん》(3)という厚徳の僧であった。平家が亡《ほろ》び源氏が興り、源氏また亡び北条が政権を握り、そして承久《じょうきゅう》の乱(4)、といった時代に生きた上人は、その半生をここに住し、多くの人の尊崇を集めた。

幼いとき親を失い寺に入った上人は、十六のとき出家し、厳しい戒律のもと、倦《う》むことのない修学修行によって、やがて稀《まれ》にみる聖僧となったが、同時に生きものを愛する心ふかく、座禅や勤行《ごんぎょう》、講義や説教などのあいまに、おそらくは「鳥獣戯画」をひろげその諧謔《かいぎゃく》を楽しみ、動物たちの愉快な行いを微笑しながら見入ったであろうと言われている。

高山寺の中の石水院《せきすいいん》という住房《じゅうぼう》には、上人が愛したと思われる木彫の鹿と犬の子とが残っている。その鹿は前肢《まえあし》をのばして地面に腹ばいになりながら、首をあげ遠くを見やるかのような目つきで空に向って鳴いている様子。何ごとかを訴えようとするその声が今にも耳に聞こえるかと思うばかりにその姿は可憐《かれん》である。また、まるまるとした犬ころは、首を少しかしげ、あるじのすることを好奇心一ぱいで見ている様子、如何《いか》にもあどけなく愛くるしい。このような彫刻もまた絵巻物と同じく、上人の人柄の一面を物語るようで興味深い。

また上人はこの寺に居たある日、こういう美しい文章を物しているとか。

「十二月十二日の夜、天は曇って月も暗いが、真夜なかに峯《みね》の上の房で座禅を終え、上の房を出て下の房へと帰るとき、月は雲間を出て光が雪の上にかがやいていた。そのとき狼が谷で吠えていたが、月が一しょにいるのでそれほど恐ろしくなかった。下の房に入ってのち、また立ち出てみると、月はまた曇ってしまった。そうこうして居るうちに、夜あけの勤行を告げる鐘の音が聞こえてくるので、また峯の房へと登って行くと、月もまた雲から出て、私の行く道を送って来る。そうして、峯まできて禅堂に入ろうとするとき、月はまた雲を追って向うの峯にかくれようとする様子。どうも、人知れず月は私と行動を共にしているように見える……」

上人にとっては、生きものだけでなく、月もまた、生きているかのように彼を見まもり、共々に動く友人であったのだ。

この五月の末ごろ、家内をつれて石水院をおとずれてみた。そのとき、その簡素な建てものの縁側に座ってながめると、谷をへだてて見える向うの山は、雨あがりの湿気を含んで音もなく静まっており、谷の流れはそこから見えないけれども、下の方からは、かすかに河鹿《かじか》(5)の声が聞こえてくる。石水院を出て、林間の帰り道を行くと、豆づたが文字を書いたように這っている石垣のあたりで、どういう種類の蛙であろうか、そちこちで鳴きかわしているのが聞こえる。見れば石垣の下、溝のふちの、雨水を含んだ苔のなかに、あちらこちらと小さな穴があり、声はその中から洩《も》れ出ているのであった。どんな蛙か知りたくて穴をほじってみようとも思ったが、上人が居られたならば、多分、そのままにそのままに、と言われるだろうと思い、それを家内に言いながら、声だけ聞いて山をくだった。

（一九七六年　七〇歳）

庭にくる鳥

庭に作った鳥のえさ台に冬は毎日りんごを半分おくことにした。そうすると、ひよどりやむくどり、おながなどがそれを食べにやって来る。半分のりんごはだいたい一日でたべつくされるが、その代り彼らは台の上や下にふんを残していく。

そのふんの中には、丸いのや長いのや大きいのや小さいのや、何か植物の種子が入っている。それでそれを集めて保存し、四月ごろに鉢にまく。そうすると入梅のころからいろいろなものの芽が出てくる。

ふた葉のときは何の芽かわからないが、本葉が出るとおよその見当がつく。そして秋ごろまで待つと、もうはっきり何であるかがわかる。そのようにして、いままでに生えたものの名をならべると次のようなものがある。

ツタ。アオキ。ネズミモチ。イヌツゲ。ビナンカヅラ。ナツメ。オモト。シュロ。ツルバラ。どれもこの辺のあちこちに見られる植物である。ツタとアオキが圧倒的に多いのは、この二つがうちの庭にあって、冬たくさんの実をつけるからだろう。このはなしをある人にしたら、タヒチ島やヒマラヤにしか生えない植物でもでてきたらおもしろいのだがなあ、といわれた。

冬から春にかけて来る鳥は、ひよどり、むくどり、おながのほかに、しじゅうから、あおじ、かわらひわ、ひたき、うぐいす、めじろなどがある。その中でおながが、しじゅうから、そしてむくどりは一年じゅう来る。ひよどりは夏に山へ帰るという話だが、何羽かは残っているらしい。春から夏秋にかけてはきじばとが毎日のように来る。五月ごろしじゅうがらは十数羽の集団でチーチー鳴きながらやってきて、庭木の虫をとってくれる。すずめはもちろん一年じゅうやってくる。庭には来ないが、どこか近くにからすが住みついているらしい。

十年とちょっと前ここに越してきたころのことを思い出すと、近くの畑にはひばりが毎年やってきた。そして点のように見えるまで五月のそら高く歌声をまきちらしながら舞い上ってはおりて来、また舞い上ってはおりて来していたものだ。しかし、今はそういう光景を見ることはできない。また三年ほど前までは、こじゅけいのチョットコイがしょっちゅう聞かれ、それどころか、おや鳥が数羽の小さなひなをつれて歩いている姿なども見られた。しかしそれも今ではみられない。ひばりが巣作りした畑にはアパートができ、こじゅけいの住んでいたやぶには一部には家が建ち、一部は児童公園になった。そしてこじゅけいの代りに砂場で遊ばせるために小さな子どもや孫たちをつれてやってくる人間の姿が見られる。

（一九七五年　六九歳）

ねこ

ひっこしをする三日ほど前から猫は姿をかくしてしまった。新しい家に越してきて、さて猫はどうしているだろうと子どもたちが言いだした。そうして三人の子どもたちは、ダンボールの箱を用意して、もとの家に行ってみた。

夕がた近く彼らが帰ってきて言うところによると、からっぽのもとの家のぬれえんに、猫はまるくなってねむっていて、三人が近づくとニャーとないた。そこで彼らはそれをつかまえて箱に入れてもってきた。

新しい家の茶の間でその箱をあけると、猫は顔を出したけれども、びっくりぎょうてんした様子で、箱からなかなか出たがらない。それを無理にひき出すと、きょろきょろ、うろうろ、いかにも不安げで、まったくおちつかない。そして戸のところへ行ってはガリガリとそれを引っかいて外に出たがる。

その夜、猫は一ばんじゅう戸をガリガリやっていて、うるさいことかぎりない。猫ずきの上の女の子は、いくらうるさくても絶対戸をあけてやってはいけません、どこかへ行ってしまうから、と皆に厳命する。

その次の日、やはり猫は外に出たがる。子どもたちは学校へ行ってるす。あまりしつこくうるさい猫のふるまいにとうとう敗けてしまって、戸をちょっとあけてやったら、彼は脱兎《だつと》の如くに外に出てしまった。そして、ようとして行方不明になった。

この猫は、せんの家にいたとき、いつも垣根の向うの畑や、そのまたむこうの竹やぶに遊びに行っていた。そして食事どきに、えさを入れるどんぶりを棒でたたくと、その音を聞きつけて家にとんで帰ってきた。だから、腹のへった時分にまたこの手を使えば帰ってくるのではなかろうか。しかし、いくらどんぶりをたたいても、その日はついに帰ってこなかった。そして次の日も、また次の日も。

猫のやつはどこへ行ったのだろう。もとの家が恋しくて、そちらへ向ってさまよっているのだろうか。しかし数キロもはなれたところを猫が無事にたどりつくことは先ず考えられない。むすめと猫の間で板ばさみになったあげく、むすめの厳命にそむいて猫の要求に屈したばかりに、あわれな父親は、むすめのきげんを損ねたのみならず、結果において、猫をも路頭にまよわせることになった。

そうこうするうちに、引越荷物も少しずつかたづいた。ただ下駄箱だの、炭とりだの、石炭箱、薪《まき》のたば、ぞうきんバケツ、そんなガラクタは家の裏にゴタゴタつみ重ねられたままになっていて、その上には建設屋から借りたズックの覆《おお》いが雨よけにかぶせられていた。

この中に居たのである、猫は。このガラクタを物置にかたづけようとして覆いを取ってみたときに、この迷い子は見つかったのである。石炭箱の中で、まっ黒によごれて、彼は丸くなっていた。

せんの家で、この猫はよく台所のえんの下にもぐりこんでごそごそやったあげく、うすぎたなくよごれ、ひげに蜘蛛《くも》の巣などをぶらさげてのっそりと出てきた。そのえんの下には、これら炭とりや、石炭箱や、薪たばなどがおいてあった。彼はそこを遊び場にして鼠《ねずみ》を追いかけたり、カマドコオロギをつかまえたりしていたにちがいない。従って、ズックの覆いの下にあったもろもろのガラクタには、彼のかつての思い出をそそるところのいろいろなにおい、なつかしくかびくさく、しめっぽいにおい、そして彼の体臭がしみこんでいたにちがいない。

思うに彼は異郷につれてこられた不安さから、新居になじめずに、ひとり外にさまよい出てうろうろしているうちに、ふと、あのなつかしいにおいが大きな覆いのすきまから漏れ出ているのに気づき、そこに入ってみると、過去のいろいろな記憶が一挙に心にもどってきて、そこで始めてやすらぎを見出したのであろう。

猫よ、お前の御主人も、かつて異郷にいたとき[1]、ふるさとを遠く離れて、ことばも通じない人々の間で、それらの人々になじめず、いつも一人ぼっちでいたある日、町の郊外をあるいていたとき、ふとどこからか堆肥《たいひ》のにおいが鼻に入ると、急に子どものとき遊んだふるさとの田園を思い出した。だから猫よ、お前の気もちは御主人にもよくわかるのだ。

それは、日本からヨーロッパまで、船で四十日もかかるころのことであった。黄海からマラッカ海峡をぬけ、インド洋、紅海を経てスエズ運河を通り、地中海に出てナポリに上陸し、アルプスのサン・ゴタール峠を越え、スイスを通りぬけてたどりついたライプチヒ[2]の町でのことであった。

このザクセンの古い町は、エルスター、プライセ、パルテの三つの川の合流点にあって、河に沿って美しい公園と広い森があった。この公園や森を毎日一人であるきまわり、あるときは公園のベンチで、集まってくる小鳥にパンくずを与えたり、あるときは森の中にぽっかり開けた草原でねそべりながら、そこに遊んでいる子どもたちのしぐさをぼんやりながめたりした。森を通りぬけると、急に視界がひらけ、そこには麦畑や果樹園のある村落があった。

堆肥のにおいからふるさとを思い出したのはここであった。このときこの思い出は不思議な安らぎを心にもたらし、よいではないか、よいではないか、一人ぼっちでも何でも、それをあるがままに受容すれば、それでよいではないか、と何ものかにささやかれているような気分が起ってきた。

ズックの覆いの下の石炭箱の中で幾日かを過した猫も、そこで心の安らぎを得たのであろうか、それからはだんだんと新しい世界になじんでいった。しかし、そこにはもう一つの試練が彼をまちかまえていた。

ひっこしをした新居になじんだとはいっても、まだいくらか不安が残っていたのか、はじめは一日の大部分を屋内ですごしていた。しかしやがて、いくらか自信が出たらしく、庭から外へ探険に出かけるようになった。そして、だんだんと活動はんいをひろげていった。

ところが、一けんおいてお隣のHさんの家には二匹の猫が住んでいた。だからとうぜん起ることは、この二匹との間のなわばり争い、喧嘩沙汰《けんかざた》である。ときにこの喧嘩は壮烈をきわめ、朝おきて庭に出てみると、かきむしられた三匹の猫の毛が、敵のもの味方のもの入りまじり、芝生《しばふ》一面に綿をちぎってばらまいたように散乱している。

むこうの二匹のうち一匹はびっこ猫であったが、それでも二対一では戦い不利であったらしく、うちの猫はひっかき傷だらけで、しょんぼりとどこからか帰ってくる。ひどいときには傷口が膿《う》んで、三日も四日もえさを食わぬ日がつづいたりした。そうして、そんなときには、猫もノイローゼになるらしく、物置のすみに姿をかくしたり、何日も家出をし、帰ってきても、ゆううつな顔をし、ものうげに、うとうととねむってばかりいる。

そうこうするうちに、このゆううつな猫にも恋の季節がやってきた。恋はゆううつをふきとばし、敷居をまたげばぶつかるであろう二匹の敵など何するものぞ、とばかり奇妙な声で鳴きながら、昼も夜も家の近所をうろつきまわる、そのひたむきさ。それはおかしくもあり、いじらしくもあり、またあわれでもある。猫よ、一体お前はどんな雌《めす》ねこに恋しているのか、御主人様は知りたいのだ。

なわばり争いはなおもつづいた。けがをしたり、それが化膿《かのう》したり、家出をしたり、ノイローゼになったり、喧嘩はくりかえし行われた。路上で飼主どうしが会うと、どうもお宅の猫とうちの猫と喧嘩ばかりしているようで相すみませんな、などとあいさつする。話してみると、けがをするのはうちの猫だけでなく、Hさんの猫も、やっぱり、しょっちゅう引っかき傷を受けていたらしい。

ある日女房が重大ニュースをもたらした。ライバル猫の一匹が表通りで自動車にはねられて死んだという。かわいそうに、ここいらも車がふえたからね、などと話をしているが、お互い心の中では、Hさんには悪いが、これでうちの猫も少しは気が楽になるな、などとひそかに考えていた。

たしかにそれから喧嘩沙汰はなくなった。Hさんかたのもう一匹の猫はびっこ猫であるので、あまりなわばりを主張しなかったせいであろうか。うちの猫はこのあたり一帯をだれにもさまたげられずに自由にあるきまわれるようになった。しかし、それもつかの間、十日ばかりたって、ある朝、うちの猫がやはり事故にあって表通りで死んでいると知らせて下さったのは、Hさんの奥さんであった。猫に外傷はなかったが、きっと打どころが悪かったのであろう。うす目をあけて道ばたにたおれていた。

裏のあき地にはもみじがたくさん生えていて、この辺の人はそこをもみじ山とよんでいた。Hさんの十日前に死んだ猫はここに葬《ほうむ》られていて、小さな木の墓標《ぼひょう》が立っていた。それで、うちの猫もその横に葬ることにして、H家からは御いんきょ様と夫人と二人の女の子、うちからは夫婦とむすめと二人のむすこが埋葬式に参加した。御いんきょ様は、生きてる間はよく喧嘩していましたが、これからは仲よくするでしょうな、と言われた。皆は二つの墓に花をささげ、せんこうと水をそなえた。

死んだ猫は子猫のときにむすめが友だちからもらってきたものだ。そこでむすめは早速《さっそく》この友だちに不幸を知らせ、そのほか、せんの家にいたとき、煮ぼしなどをみやげに訪ねられ、猫をひざにのせてかわいがって下さった小母《おば》さんたちにも通知を出した。

朝永ネコ儀昨夜交通事故のため急逝いたしました。遺体埋葬の儀は本日もみじ山に於《おい》てしめやかに取行いました。ここに生前の御厚誼《ごこうぎ》を深謝し謹《つつし》んで御通知申上げます。

なお勝手ながら御供物《ごくもつ》の儀はかたく御辞退申上げます。

それから四日ほどたって、朝、うちの小門のところで、Hさんのひとり残ったびっこ猫が死んでいるのを見つけた。これも外傷はなかったけれど、おそらくは車にはねられ、それからここまでやっとたどりついたが、力つきてたおれたのだろう。裏のもみじ山には、また一つ墓標が加えられた。

今日久しぶりにこの三つの墓のあった場所に行ってみたが、十年近く前にたてられた三つの墓標は、もうあとかたもなくなっていた。

（一九七〇年　六四歳）

蚊・蚤《のみ》・蠅《はえ》・われら

このごろは朝晩だいぶひえてガス・ストーブをつける季節になったのに一向に蚊がいなくならない。日本列島を離れて南下するはずの高気圧が相かわらず近海にいるせいか、市の予算不足で夏にやる薬撒《ま》きがじゅうぶんやれなかったせいか、それとも耐寒性の蚊でもあらわれたからか、何だか理由はわからないけれども、老夫婦ともこのごろ毎ばん蚊にくわれて、ひたいや頰《ほ》っぺたに赤いぽつぽつが絶えない。

このあいだの休日には、むすめが孫をつれて泊りがけでやってきた。だがそのときにも、ひと晩とまったあくる朝、孫たちの顔には蚊にくわれたあとがたくさんついていて、虫に弱い二番目の女の子の顔は何だかはれぼったくなっていた。

朝食がすんだあと、孫たちの寝た座敷のかべや天井をふと見ると、赤い玉になった蚊があちらこちらにとまっている。そこでそれを一ぴき一ぴきつかまえていると、連中たちがやってきて、見せて、見せて、というから、茶の間の食卓の上にそれをならべ、かぞえて見たらおおよそ二十ぴきもの獲物があった。

しかし、孫たちの血をすったこの獲物を簡単に片づけてしまうのも惜《お》しい気がする。そこで、つかまえた鼠を猫がおもちゃにするような気分で、しばらくは食卓の上でそれを一直線にならべたり、三角形にならべたり、円くならべたり、そんなことをして遊んでから、紙にくるんで屑《くず》かごにほうり込んだ。

蚊をふせぐための蚊帳《かや》というものは、赤ん坊用の幌型《ほろがた》のものがときどき見られるほかは、今ほとんどの家で使われていないようだ。だが一むかし前までは蚊帳はどの家でも必需品であった。子どものころ、朝目がさめたとき、それを吊《つ》ってある紐《ひも》がとかれると、蚊帳の網が頭からかぶさってくるのがおもしろくて、おさかなだ、おさかなだ、と言ってふざけて、よく叱られたものであった。暑くてなかなかねむられない夜、何度も出たり入ったりしているうちに蚊が蚊帳の中に入る。これもこごとのたねであった。

蚊帳をたたむのはひと仕事であって、小さな子には無理であった。大きくなると、それを自分でやらされたが、先ず、つり環《わ》につながっている上の四すみを二つずつ合わせ、その合わせたところを二つ重ね、その重ね目をしっかりとつかみながら、やゝとばかり全体を振りあげ振りさげし、下の裾《すそ》がほぼまとまったところで、そこに縫《ぬ》いつけてある赤い布きれのしるしどうしが合うように折り目をととのえる。こうして細長くたたまれたものを二つ折りか三つ折りして作業は終る。この作業でつり環どうしがぶつかって鳴る音は風鈴の音のように美しい。

蚊帳がたたまれると、こんどは蚤とりであった。ねまきの縫いめやタオルの毛の中で、しりを出してかくれている蚤たちをつかまえる。蚤には気の毒だが、それをつぶすときのぽつりという感触は悪いものではない。ときどき卵を持った雌をつかまえると、このぽつりは特に大きい。だが、せっかく腹にやどした子どもまで巻きぞえにするとは何と無情なことよ、と虫の小さなたましいは嘆《なげ》いているにちがいない。そう思うとあわれである。

しかしいずれにせよ、正直いって、そら、そっちだ、あら、あっちだ、などと言っているうちに逃げられてしまったときのくやしさも忘れられないものである。

こういう情景はむかしの夏の朝の日課であって、老夫婦ともに、それは除虫菊の黄いろいにおいと結びついたなつかしい思い出なのである。そして三人の孫の母おやもまた似た思い出を持っているにちがいない。むすめがまだ今の孫ぐらいの年だった戦中戦後、むすめとむすことわれらとの家族は、やはり同じような蚊帳のしまつと蚤退治とを夏の起床時の日課にしていたものである。だが、いまの孫たちが成長して家庭を持つ頃には、もはやそんな場面は見られないことだろう。

スイスの化学者ミュラーはＤＤＴ(1)の発明によって、一九四八年度のノーベル医学賞を授与された。それまで戦争のあとには、よく発疹《ほっしん》チフスが流行して多くの死者が出たのに、第二次世界大戦のあとでそんな悲惨なことが起らずにすんだのは、この病気の媒介者《ばいかいしゃ》である虱《しらみ》を退治したこの薬の手がらであった。蚊もそうであったが、戦後目に見えて蠅が減ったのもこの薬のおかげだろう。

それにしても、近ごろは水洗便所と、密ぺいできるポリバケツのごみ入れとの普及で、ＤＤＴなど使わないでも蠅はほとんど姿を消した。それと同時に、多くの家庭から蚊帳がなくなったように、蠅とのつきあいから生まれたいろいろな器具がわれわれのまわりから姿を消して行ったのはさびしいことである。

魚とか海老《えび》とかをつかまえる筌《うえ》(2)というしかけがある。それと同じ原理で蠅をつかまえるガラス製のびんが、台所とか食物を売る店などによくおいてあった。びんの中に酢を入れておくと、そのにおいに誘われて蠅がびんの中に入り、筌の中に入った魚たちと同様、外に出られなくなる。何とかして出ようと飛びまわりガラス壁にぶつかる蠅たちの羽音や、酢の中におち込んでもがいているその有さまを見ながら、入った口を逆に行けば外に出られるのに、どうしてそれに気がつかないのだろう、と子どもごころにいぶかったものである。

そういえば、ちょっとした返しが入口につけられているだけで、そこからは出られないものと思いこんでしまう動物たちの心理の弱点を利用したしかけは、ほかにもいくつかある。琵琶湖の魞《えり》(3)もそうだし、鼠とりもそういうのがある。思うに、こういうものを発明した人間とは、生物界で最大に邪悪なものにちがいない。

機械文明にふさわしい凝《こ》りかたをした蠅とりもあった。たとえば、酢をぬった角柱をゼンマイと歯車でゆっくり回転させ、そこにとまった蠅が酢をなめているうちに、いつの間にか、うしろがわの籠《かご》の中に運び込まれてしまうという、そういうからくりである。この機械で一ぴきまた一ぴきと獲物がつかまっていく有さまは見ていて飽《あ》きないものであった。この機械の効能書きには、酢のかわりに酒を用いれば蚊もとれる、とあったが、蚊帳の代用にはとてもなりそうになかった。

そのほか天井からぶらさげる粘着性のリボンなども用いられたが、これにはときどき女の人が髪の毛をくっつけたりしたものである。また細長いブリキ板をねじったようなものが夜店などで売られていた。それを紐で天井からつるしておくと、風がふくにつれてそれがくるりくるりとまわり、蠅はそれをこわがって寄りつかないというのである。さかな屋の店などには、こういうもののほかに、さしわたし一センチもある太い線香が煙をあげている光景もみられた。

こういうようにいろんな器具やしかけがあったが、中で楽しかったのは、天井にとまっているやつをつかまえる道具であった。それは、道具とも言えないような簡単なものであって、径一センチ、長さ一メートルほどのガラス管の上端をじょうご形に開き、下端を小さなフラスコ状にふくらませた、ただそれだけのものである。

それをどう使うのかというと、天井でさかさにとまって一ぷくしている蠅に向って上端のじょうごを下からそっとかぶせるだけでよい。そうすると、あわてて飛びたった蠅は、じょうごの壁につきあたって管の中におち、せまい管の中でどんなに羽ばたきしても、垂直上昇のできない悲しさ、あとは一直線にフラスコの底までおち込んでしまう。このとき楽しいのは、落下する蠅の羽の振動と、管の中の空気柱とが共鳴して、ヅヅヅヅーというおもしろい音がすることである。

むすめと三人の孫たちが帰って行ったのは、冬近いというのに馬鹿にあたたかい日であった。波の引いたあとのように静かになったその日の夕ぐれ、異常な気温につられたのか、軒のあたりに季節はずれの蚊ばしらがたっていた。蚊ばしらの中の蚊たちは互に羽音をたよりに集まっているので、その音程に合わせて下からハミングすると、蚊ばしらはさっと顔のあたりにおりてくるものである。むかしそういうことを子どもたちに教え、夏の夕がた散歩するとき、蚊ばしらを見つけてはそれをやり、皆で一しょにおもしろがったものだ。

このことは絶えて久しく忘れていたが、思い出して軒の下に立ち、ためしにやってみると、蚊のむれはさっとばかりおりてきて、ひたいや、ほほや、鼻のあたりに、むかしと全く変りなくぶんぶんとぶつかってきた。

（一九七六年　七〇歳）

なまいき

なまいきというのは、年の熟さない者が、年うえのものの口つきや動作やなんかのまねをして、しかしまだ何となく幼くて、いくらかちぐはぐな感じがする、そういう感じをあらわすことばのようである。その場合、その口つきや動作が、そっくりうまくまねされていればいるほど、なまいきさは心にくくなる。

男の子が成人に近づくと、なまいきな手つきでタバコなどふかすようになる。シガレットケースをパッとあけて、紙まきを一本おもむろにとり出し、次にそれを口にくわえ、ライターをカチッとおして、それに点火し、次に、ひとさし指となか指とでそれをはさんで支えながら、一息ふかく烟《けむり》を吸う。すい終わると、タバコをはさんだまま手くびを外がわに、ななめ上に回転させてそれを口からはなし、そして口からフーッと烟をはく。灰をおとすときには、ひとさし指となか指とではさんでいたタバコをなか指とおや指とにはさみかえ、そうして、自由になったひとさし指で、タバコのあたま近くをポンとたたく。まだ子どもっぽさがほっぺたに残っているような顔をしているくせに、こういう動作を心にくいばかり適切な速度と適切な間を以て行なうので、それは大変になまいきに見える。

なまいきという感じがおこるのは何も人間の場合にかぎらない。ある種の動物にもそういうのがある。

一昨年あたりから、毎年春になると庭の池におびただしい数のおたまじゃくしが生まれる。だんだん日がたつと、しっぽが消え脚がはえ、親と相似形の蛙になる。すると彼らは水の外にはい出してくる。二、三日は、池のふちの煉瓦《れんが》のかげや、水はけ口の日あたらぬあたりに、まっ黒くひしめきあってうごめいている。この、かたまって群《むれ》をなしてうごめいている姿は、うっかりさわるとつぶれそうに弱々しく、一向になまいきではないが、ためしに二、三匹そっとつまんで金だらいの水の中に放ってみると、とたんに、すいすいとたっしゃな蛙泳ぎをする。そのなまいきさ。水の中に石を入れて陸地を作ってやると、そこに泳ぎついて、のそのそと上陸し、陸地の一ばん高いところにたどりつき、小指のさきほどもない小さなやつが一かどの格好で、両手をついていてうそぶいている。このとき、ちょっとおしりをつついてやると、ぴょんととんで水中に飛びこんで、すいすいと泳ぐ。まさにおや蛙の動作そっくりである。

池のまわりのあちこちにかたまり合っていた子蛙たちもやがてどこかに散らばって姿を見せなくなった。ところが何日かたったある日、物置小屋に用があって、池のある南庭から家をへだてた反対がわの北庭のすみっこに行ったとき、なにかぴょんぴょんと跳《は》ねるものがある。よく見ると、それは蛙の子であった。なおよく見ると、十数匹、そのあたりのあちこちで跳ねている。どうやら彼らは、池からここまで集団を組んで移動してきたらしい。ところでこの移動の間に、さわればつぶれそうに弱々しかった彼らは、一センチ近くに成長し、目のうしろあたりからわき腹にそって、いぼいぼの列ができはじめ、ぬるぬるとぬれたように黒かった皮膚は、乾いた、がっちりした茶色になっていて、ますます親の形に似てきている。

秋のある日、庭の植込みの下で草むしりをしていると、ふいと目の前に五センチほどに成長したのがのっそりとあらわれた。目のうしろから背なかの両側を走るいぼの列は、つながりあった隆起にまで発達し、グロテスクな紋様のある腹部は丸々とふくらみ、もはや、小さいながら怪獣めいた様相をそなえた一匹前の蟇《ひきがえる》である。この蟇どのは、いずれ、立派なおとなにまで成長し、自分の生まれた池に卵を生みに行くかもしれない。

次にかまきり。庭の灌木《かんぼく》の枝についたカサカサした変なかたまりの中から、五月のある日、かまきりの子らが誕生した。この子供らも、蛙の子同様、しばらくは、一群をなして、その卵のからのまわりにとりついてひしめき合っている。そして、蛙の場合と同様に、一度ちらばって姿を見せなくなった後に、やがて二センチほどに成長した姿を枝のあちこちにあらわすようになる。そうすると、からだの形は親そっくり、三角形の頭に目をギョロつかせ、その目の前に指をもっていって動かすと、身をそらせ、鎌《かま》をかまえ、攻撃の姿勢をとる。なんと、なまいきな小わっぱよ。

とかげの子もなまいきである。庭の芝の葉が何だか動いているな、と思って見ていると、まだ四、五センチの小さなとかげが顔を出す。するすると草の間をぬって石の上に日なたぼっこに行く。小さいながら形はまさにとかげであって、ぬれたように光る背なかの縞《しま》もハイカラで、その碧色《あお》のしっぽも瑞々しく美しい。おまけに、何かの拍子でこのしっぽがちぎれると、ちぎれたしっぽが親そっくりに、生あるものの如く、くるくる、ぴくぴくと動いている。しっぽまでがなまいきである。

なまいきのなかには、あわれで悲しいものもある。しらすぼしの中にときおり何匹かの蛸《たこ》の子がまじっている。みんな大きさは数ミリにも足らぬほど。しかもちゃんと坊主あたまと、二つの目だま、八本の足をそなえている。かわいそうに、この小坊主たちは、白子《しらす》どものそば杖をくって一しょに煮られてしまった。そして、こんなことで死んでしまった小蛸の亡者たちは、今ごろ賽《さい》の河原で、離別した彼らのちちははの供養《くよう》のためとて、積んでも積んでもくずされる空《むな》しい石づみの営みを続けていることだろう。三途《さんず》の川のお地蔵さま、どうかこのあわれな亡者たちを救ってやってください。

幼いものが、成長したものそっくりの姿や動作をする、といったこれまでの例のほかに、例えば、動物のくせに人間そっくりの、または、人間以上のことをしたりする、そういう意味のなまいきもある。チンパンジィがナイフとフォークでポテトサラダやバナナミルクを食べコーヒーをのんでタバコをふかす、などというのは一例である。

むかし子供のとき、医科大学の先生が、胃ぶくろに孔《あな》をあけた犬をつれて、うちを訪れたときのことをおぼえている。その孔は犬のおなかのまん中に開口していて、そこに金属の栓《せん》がはめてある。先生がこの栓を開けていうのには、犬が物をたべると胃液が分泌《ぶんぴつ》され、それがこの孔から出てくるのだ、と。そうして子供たちに、犬にやるえさをもってこい、という。子供たちは大いに好奇心を起こし、さかなの骨などを持ってくるが、犬はそれに見むきもしない。そこで先生がいうのに、この犬は、ぜいたくぐせがついていて、牛肉がほしいのだと。そこで牛肉を持ってくると、犬はそれを鼻でかいでぺろぺろとたべる。すると、とたんにおなかの栓のところから、先生の言ったとおりに、液がポタポタとしたたってくる。おまけに、その液にリトマス試験紙をつけてみるとちゃんと色が変わって赤になる。こんなに、学説どおりに働く胃袋を持った犬とは、なんとなまいきな動物だろう。そして、おなかに孔などあけられても、牛肉を見せると、しっぽを振って喜んで、そして胃液を分泌して見せる、この犬のなまいきさには、いじらしさが加わってあわれである。

秋も終わって寒い冬がやってきたある朝、戸をあけると霜《しも》がまっ白におりている。今朝は大変な霜だよ、というと、女房や子供たちもそれを見に外に出てきた。そうすると、みんなの鼻から出る息が白く見える。いよいよ冬がきたな、今朝はほんとに寒いな、などとみんなで話をしていると、猫も会話の仲間入りをするごとくに、部屋からのっそりと出てきた。そうすると、猫の鼻からも白い息が出ている。これを見た女房は、あらま、猫も白い息を出しているわ、なまいきね、という。なまいきということばには、このような使いかたもある。

以前、庭の池に卵を生んだ蟇の親は、おびただしい卵のひもを池一ぱいに生み終わったあと、おすもめすも精根《せいこん》つきはてたらしく、水からあがる気力も失って池一ぱいの卵の紐《ひも》の中に死体となって浮いていた。しかし親は死んでも、卵からはおびただしい幼い子蛙が生まれ出て、そのうちあるものは、なまいきな蟇にまで成長した。再び庭の池を卵の紐でうめつくしたのは、多分、それから更に成長しておとなになったやつらであろう。そして、その卵からは再びおびただしい数のなまいきな二代目が発生し、それが再び、庭に跳梁《ちょうりょう》した。

数日前、女房が、ゆうべは夜なかに何だか蟇がないていたようだという。そういえば昨夜、夜半に目がさめたときに、何か、うち気なふくみ声がきこえた。そして夜ふけまで起きていたむすこもそれを聞いたという。どうやらそろそろ彼らの恋の季節がきたようだ。

思えば、人間もふくめてすべての生きものたち、なまいきな子供や、なまいきな若ものたちが跳梁して、はじめて、それによって、れんめんと種族を続けさせているのであろうか。

（一九七〇年　六四歳）

体育と私

このごろは毎日雨ふりつづきですが、ぼくの心は日本ばれです。なぜかというと、体育の時間がなくなるからです。先生、ぼくが体育が上手になるように、いい方法を考えて下さい。

——これはうちの坊主の作文。

思い出すと、むかし小学校五年、六年のときのうけもちの先生は、体育と理科教育にたいへん熱心なかたであった。理科指導の方は、おかげで、物理を商売にするという形で、とにかく実をむすんだ。しかし体育のほうは一向にだめである。当時、小学生は和服にはかま（または前だれ）というすがたであったが、先生は体操の時間のために特に白木綿《もめん》のユニフォームを作り、ハダシ足袋《たび》をあつらえて生徒にきせた。そして、他の組では徒手体操ぐらいしかやらないのに、この組だけは、鉄棒や馬とびなどをやらされた。ふつうの服装で体操をやっている他の組の生徒に対して、まっ白いユニフォームを着ることは、まことにてれくさい気がした。ユニフォームが立派であればあるだけ、鉄棒にぶら下ったまま処置なしのかっこうは、子どもながら、自己けんおのたねであった。

スポーツと名のつくものは何もかもだめである。テニスの球はラケットにあたらない。いわんや野球のたまはバットにあたらない。すもうをとれば下級生にもころりと投げられ、かけっこは大抵《たいてい》びりから二、三番であった。びりになってしまったことのないのは不思議であるが、これが唯一の、かすかなすくいであった。とにかく、運動会の日は、いつも雨になりますようにと願っていた。

中学に入ってからは鉄砲をかつぐ教練が苦手であった。中学生になると理屈っぽくものを考えるようになるので、体育の先生が、健全なる精神は健全なる身体にやどる、などとお説法をすると、ひそかに反対した。運動選手で素行《そこう》の悪いものだってあるではないか、とひそかに思った。

この調子でついに学生生活を終った。大学に入って体操の時間がなくなって、やっと心の安らぎを得た。

しかしこの青白く、ひよわな人間にも、それなりに青春のエネルギーの発散を欲したこともないではない。大学生のときは、あいにく病気ばかりしていたが、その後東京に出て、理化学研究所というところに就職してからは、大分健康になってきて、少しは人なみに肉体に努力を課することがやってみたくなった。研究所の仲間が、山へつれていってやろうといったのをきっかけとして、始めはおそるおそる、借りもののルックサックに形だけ物をつめて、試しに出かけてみた。もちろん山といっても大したものでなく、東京近くの二千メートル級のものであったが、どうやら人なみにあるけた。がっちりして強いはずの仲間が途中でのびてしまったのに、案外しまいまで元気であったので、人にもほめられ、自分でも自分を見なおした。

それからしばらく山が大いに好きになった。一通りルックサックや山靴を買い、コッヘルなどを友だちと金を出し合ってととのえた。そして、週末や休みつづきによく出かけた。

しかしこの山のぼりも、青白くひよわいエネルギーの発散以上にはならなかった。つまり、いつも四捨五入して二千メートルになる程度の山ばかりで、アルプスとか冬山とか大それた望みには、ついに発展しなかった。

体育と私との関係は結局、こんなにあわれはかないものである。

昨年以来大学の学長[1]という商売をはじめたが、野球の始球式などに引き出されることが心配である。その日は雨がふりますように、といのる心は、小学生時代と少しも変らない。そしてこの気もちは、そのままうちの坊主に遺伝している。親の因果《いんが》はおそるべし。体育学部の先生がた、何かいい方法を考えて下さい。

（一九五七年　五一歳）

武蔵野に住んで

戦争中、三鷹の天文台(1)の方に家内の実家があって、そこに疎開《そかい》していた。そのころはバスも故障がちであったので都心に出るのに武蔵境の駅までしょっちゅうテクテクあるいた。天文台通りを通ってもみじ山までくると、やっと、あと一息だと思った。今いる家はこのもみじ山の一角にある。

疎開していた天文台のあたりは、武蔵野のおもかげが残っていて、現在のキリスト教大学(2)の裏のあたり、野川にそって一面雑木林がひろがっていて、野川も、そのころは、すきとおった水が流れており、流れが屈曲したところ清冽《せいれつ》な水がわき出ていて、そこにはわさび田などがあった。春、雑木の芽が萌え出るころ、林の中のところどころ木を切り開いた空地には春りんどうの青い花がむらがりさき、切株のところには草ぼけの紅い花がさいたりしていた。そして散歩にくるたびにいつかはこんな所に住んでみたいと思った。今のもみじ山の景観は、とてもそれには及ばないが、とにかく、駅まで一息のところでこれだけ木の多い一郭があるのはありがたい。もみじ山だけでなく、近くには、欅《けやき》の大木が何本も残っていて、空気も都心にくらべて明らかによい。その証拠には、庭の木犀《もくせい》が毎年咲いてくれる。木犀は空気のよごれが大きらいで、中央線ぞいで、荻窪《おぎくぼ》より東ではもう花が見られないと聞いている。

ここに引こしてきて、まず四十坪ほどの庭をどうしようかと考えた。むすめは、女の子らしく、チューリップやなにかを植えて、庭を美しい花園にしたいという。むすこたちは花や木を植えるより、ピンポン台をおいて楽しみたいという。家内は洗濯《せんたく》ものや夜具の干し場をたっぷりとりたいという。それに対して、あるじは、もっと風流に、と考える。

そのうちに、新しいすまいのお祝に、といって、知人から庭木がとどいたり、庭石屋に紹介状をもたせてよこしたり、それやこれやで、いつの間にか、女房や子供たちの考えに反して、庭がだんだんと風流になってきた。そして結局、庭の半分はあんたのすきなようにしなさい、その代り残りの半分は女房と子供たちの領分、ということになり、むすめは花だんを作り、やたらに球根をいけたり、種をまいたりし、むすこたちは、ピンポン台をあきらめた代りに、セメントや煉瓦《れんが》を買いこんで池を作りはじめ、女房は女房で、西部劇に出てくるカウボーイの馬つなぎ棒のような、がんじょうなふとん干しを作り、せっせとふとんを干しはじめた。

風流な庭とはどんなものかというと、まず、石を組んで岩間を流れる渓流を模し、それにつらなって高原の青野をかたどり、その青野の窪地を、あるかなきかのほそい流れが草の間をかきわけて流れ、それから、それが少し開いた小石の河原の上にひろがり、そして、再び岩の間にせばまって渓流につながっていく、といった風情。そして、青野には、春は、カタクリの花からはじまって、スミレ、イカリ草、クロユリなどが咲き、初夏から夏にかけては、水辺のアヤメからはじまって、ユリ、カンゾウ、キキョウ、ナデシコ、秋に入ると、オミナエシ、ワレモコウやハギなどが咲きみだれ、岩間の渓流のほとりでは、春はヒトリシズカ、エビネなど、夏にはクリンソウ、ササユリなど、それから秋に入ると、ホトトギスなどが咲く、そういったぐあいのものである。但し、ほんとうに水が流れているのではなくて、水が流れているつもりだけのもので、こう、あつらえむきの風景にこの庭が見えるためには、見る人の大きな想像力を必要とする、そういうたぐいのものである。

この春、知人の、やはり庭道楽の紳士が、小鳥のえさばこを作ってもってきてくれた。そこで、それを庭の片すみの梅の木にとりつけ、ごはんの残りなどを入れておく。そうすると、雀や、ときには、きじばとなどもやってくる。肉だのさかなの残りだのを入れておくと、尾長もやってくる。いつか、二、三年前の秋、実がなると、おむかいの柿の木にむくどりがやってくるのがうらやましく、柿を買ってきて、この梅の木にぶらさげてみたが、鳥たちは見むきもせず、近所のごいんきょさんに、ほほう、梅の木に柿がなりましたな、とひやかされたことを思い出した。こんどはそのごいんきょが、お宅の鳥のえさばこにたくさんの鳥がくるようで、ちょっと見せてください、とやってきた。

この梅の木の下には、ときどき、近くのきじ猫がひそんでいる。あどけない顔の、まだ若いおす猫だが、もったいぶって、ぬき足さし足でやってきて、植えこみの中にかくれていて、鳥どものくるのを待っている。しかし尾長はちゃんとそれを見ぬいていて、梢《こずえ》から下を見おろしながら、ギャーギャーギャーと鳴きたてる。ときには五、六羽集まって猫の頭上でデモをやり、猫を閉口させる。

こんなことに味をしめて、もう一つえさ台を作ってみた。少し縁に近すぎて鳥どもは警戒し、なかなかよりつかなかったが、冬、雪がふるようになると、そこにおいたリンゴに誘われてひよやむくどもが来るようになった。むくどりはいつも一つがいでリンゴをつついている。ひよどりは一羽ずつ、一つがたべているときほかのは近くの木の枝で待っている。尾長は五、六羽一度にむらがってリンゴをたべている。鳥それぞれにいろいろなやりかたがきまっているようだ。

この庭を生活の場とする小動物たち、それは、猫や鳥たちのほか、蝶々《ちようちよう》やとんぼ、とかげ、かなへび、みみず、おけら、こおろぎ、蟻《あり》んこ、それに、山もりの土だけでまだ姿は見ていないが、もぐらもち、それら、われらと共に住む生きとし生けるものたちすべての上に幸あれ、などと考えながら、庭の光景をみていたら、先日は、玄関わきのすもももの木に、アメリカシロヒトリの一群が発生して、みる間に木を丸坊主にしてしまった。こうなると、生きとし生けるものの上に幸あれ、などと言っているわけにもいかず、消毒屋さんをよんできて殲滅《せんめつ》してしまった。あわれ、おまえたち、こんど生まれかわるときは、こんりんざい、毛むしなどになってくるなよ。

武蔵野にすみついてしまうと、勝手なようだが、武蔵野がこれ以上にひらけないことを願っている。自分がその魅力に引かれてやってきて、ほかの人に来てほしくないとは言えないけれど、やはり武蔵野は武蔵野のふんいきを持ちつづけてこそ魅力がある。多くの人たちが、気もちのよい土地を求めて、おのがじし、家族を引つれ、そこに住みつくのはよいことだが、どうか、そのために、アメリカシロヒトリの群《むれ》が木を坊主にしたように、武蔵野から緑をうばいさることのないようにと願っている。

（一九六七年　六一歳）

西田町一丁目

いま居る家に越してくるまで、われわれの家は西田町一丁目(1)というところにあった。しかし何年か前に、いくつかの町を合併したり境界を変えたりして、新しい名の町にすることが流行し、西田町一丁目という名の町は、そのとき限りなくなってしまった。

この西田町は、町と言っても本当はむしろ村であった。何しろ、町の半分は田んぼであり、あと半分は、それをとりまく台地であるが、その上も大かたは畑地であった。そこには、麦畑や野菜畑が広がるなかに、こんもりとした屋敷林にかこまれて、藁《わら》ぶき屋根の農家がところどころにあった。また、畑の間には、畑地の一部をさいて建てられた住宅がぽつぽつとあり、後から移ってきたホワイトカラーの連中がそこに住んでいた。

町の一丁目は、田んぼの西がわの台地の上にあった。そのまん中のあたりには小学校があって、西田という町の名は、西田小学校というその校名のなかに残っている。そして、この学校をとりまく一区劃《くかく》には移住民たちの住宅が小さな集まりを作っていて、われわれの居た見すぼらしい古家もそのなかの一つであった。

家の前の小みちは小学校の門に通じている。だから毎日そこを通って学校に行きかえりする子どもたちの姿が見られた。この路は幅がせまくて車がほとんど通らないので、子どもたちにとってそこはただの路ではなく、安心して遊べる道草天国なのであった。またこの路は、うっそうと繁《しげ》った屋敷林と竹やぶの間を通っていて、そこをぬけて学校の門近くまでくると、天気のよい日にはいつも富士山が見えた。だから大人たちにとっても、そこはとてもよい散歩みちであった。

しかし、それは天気のよいときの話である。冬、霜ばしらが立ったり雪が降ったりしたあと、あるいは入梅で雨つづきのころなどにはこの路がいつもどろどろのぬかるみになり、通る人はなんじゅうしたものである。そういうとき、人は路の横の野菜畑をつっきりたくなる。だから、地主のおじさんが、畑のまわりに有刺鉄線を張りめぐらしたのはもっともなことだ。

けれどこの防御策もあまり効きめがなくて、畑の中は、おのずから蹊《こみち》をなす有様であった。そこで業をにやしたおじさんは、ある日、鉄条網全体になまなましい下肥《しもごえ》をぶっかけておくという手に出た。奇想天外なこの手はみごとに功を奏し、畑に入る人はなくなったが、おそろしい臭害が、畑のまん前に住んでいたわれわれ一家を襲った。だがこの悪臭も、下肥が雨に洗われ風にふかれるうちにだんだんと薄れ、ただ、鉄線のとげに引っかかった落し紙のなごりがいつまでも残っていて、この辺の人は、それを見るたびに、このおかしなおかしな事件を思い出すのであった。

このぬかるみは、学校に通う児童を持つ母おやたちにとって頭痛のたねであった。路がぬかるむたびに、子どもたちは着物のあちこちに泥を跳《は》ね、何しろ戦後間もないころで、石鹼《せっけん》もじゅうぶん手に入らず、洗濯は容易なことではない。そこで母おやたちは署名を集めて役所に陳情し、路に砂利《じゃり》を入れてもらうことになった。けれどもそれを路にひろげ、平にならす作業は自分たちでやらねばならない。そこで御婦人たちはモンペ姿かいがいしく皆で勤労奉仕をした。

小学校は空襲で半分やけてしまったので、その再建が一大課題であった。そのときＰＴＡ会長をおおせつけられ、学校の先生がたや父兄たちとつれ立って有力者の家を陳情にまわった。そんなことをして、やっと粗末ながら新らしい校舎ができたときには、学校を色とりどりのモールや造花でかざり、国旗と校旗をたて、子どもたちと一しょに校歌を歌って祝った。

そうなふうに、学校の設備は貧しいものであったが、環境はこの上なく好適であった。春、畑ではヒバリが鳴き、夏は屋敷林のあたりでセミ取りができた。秋は秋で、あたりにはドングリが一ぱい落ちていたし、冬、雪のときには、台地から下におりる坂みちで雪すべりができた。田んぼのところには川(2)が一本うねうねと流れていて、その堤《つつみ》やあぜみちは、四季おりおりに野の花で色どられ、田の中にはエビガニやタニシがたくさんにいた。また台地の東がわには、急な崖《がけ》が下の平地に落ちこんでいるところがあって、崖の上からは田んぼと、そこを流れる川が見おろされ、満月のときには、稲田の向うから盆のようにまん丸い月の上るのが見られた。

台地からは、雑木の中を行く窪みちを通って崖の下におりることができる。そうすると、崖下には暗くしげった杉の林があり、子どもたちはそこを雨宮の森とよんでいた。雑木林もこの森も彼らの格好な遊び場であって、そこにはカブト虫やいろんな虫が住んでいた。そして夏の朝、暗いうちに起出てそこへ行くと、樹液にむらがる獲物を捕えることができた。そのとき踏みしめる草の朝つゆはさわやかに足を冷やしてくれたものだ。雨宮の森という何か由《ゆえ》ありげな名の起こりを知りたく思ったが、子どもたちは、ただ、口から口へとその名を伝えていたのであった。

そのころわれわれの家のあたりでは、吸込みという原始的な方法で下水の処理をしていた。しかし風呂水の処分はこの方式の能力を越えていたので、どの家でも入浴には台地をおりて銭湯に出かけて行った。そういうわけで、近所の子どもにまじって遊んでいる息子にむかって、おい風呂に行こう、と呼びかけると、その子どもたちも、ぼくらも行くよ小父《おじ》さん、と言い、みんな家に手拭や洗面器をとりに行き、そうしてぞろぞろと小父さんについてくる。彼らにとって銭湯は、今の子どもたちのプールと同様、楽しい遊びの場の一つなのであった。だから、洗え洗え、とうるさく言わない小父さんは、おそらく理想的な引率者だったのだろう。

田んぼを流れる川が雨宮の森近くに来るあたりで、川向うの台地が東からなだらかに延びている。そしてそこには小さな神社があり、九月にはお祭りがある。雨宮の森をぬけて土橋を渡り、細みちを行くと、境内には何軒か露店が出ている。神楽《かぐら》の奉納などもあって、にこにこしたエビス様の面をつけた老人が、ひなびた舞を見せ、参拝の大人や子どもたちがそれを見物している。露店では、安物の玩具や、おでん、鉄板やき、などの食べものが売られている。うちの子どもたちも、母親にせびって、食べものは絶対いけませんよ、という条件で金をもらって、くだらない玩具を買ってくる。大人になってから息子は、あのときおでんを買ってたべたよ、とてもうまかったよ、と感慨無量の様子で白状した。

小学校の門のところから西に向ってだらだらと畑みちを下って行くと、バス通りにぶつかる。それは西田町と隣りの町との境になっている本通りであって、そこにはいろいろな店がならんでいて、一すじの商店街を作っている。九月にはこの街でも祭礼がある。その日は通りのあちこちに天幕が張られ、そのそれぞれから太鼓《たいこ》の音が競い合うようにひびく。そして、たくさんの露店が出て賑やかである。ぶらぶらと見物に行くと、少しきこしめした紳士が、ＰＴＡの会長さん一ぱいいかが、と言って茶わん酒を馳走《ちそう》してくれた。もちろん、よろこんでちょうだいした。

西田町はこんな田舎であったのに、二十数年たったいま、名まえだけでなく、町の様子もまるで変り、すっかり市街地になってしまった。田んぼは全部埋めたてられて大きな団地や、家の建てこんだ宅地になり、台地の上でも、畑は家に変り、藁ぶきの家はみな現代風に改築された。田んぼを流れていた川は改修され、かつてさらさらと流れていた水は、十メートル近くも地面を掘り下げ石で固めた地の底を、髪の毛のように長い川藻《かわも》をゆらゆらさせながら、音もたてずに流れている。

先日、古い記憶をたよりにそのあたりに出かけ、雨宮の森があったと思われるところに行ってみた。見ると、森のうしろにあった崖も、台地をおりてくる窪みちも、地形だけは昔のままに残っていた。だが、路に梢の蔭を落していた雑木林や、崖下をしっとりと覆《おお》っていた杉の叢《むら》立《だち》は今あとかたもなく、あたりはただ、家々にかこまれた平凡な町並になっていた。昔のような西田町は、やっぱり、そこに住んでいた人間の心のなかにしか、もう存在しないのだ。

（一九七六年　七〇歳）

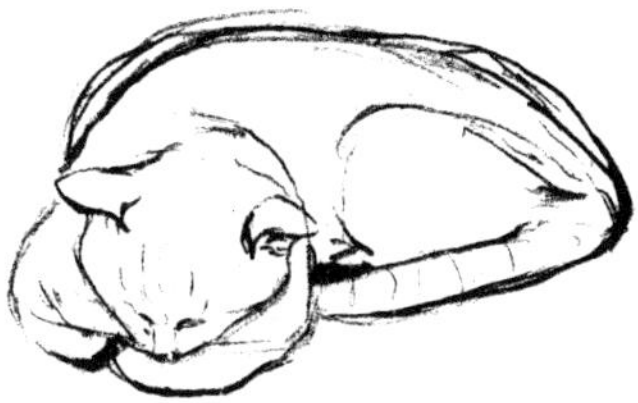

父

私の目にうつった父(1)はいつも本をよんでいた。書斎は子供の立入るのを許されない場所であったからそこで父が何をしていたかは知らない。しかし父の読書は寝床の中や、ひるね用の長いすの上でも行われた。それが音読で、何度も何度も同じ所を読む。子供には外国語は何でも同じに聞えたが、父さんがいま読んでるのは英語よとか英語ではないわよとか女学校へ入った姉が得意顔で彼女の弟たちに語った。読書にあきると、花壇《かだん》の手入をしたり、散歩をしたり、子供たちも時々ステッキ代りにつれて行かれた。父は足が早かったので、われわれは黙々として一生懸命あとを追った。

書斎は子供たちに立入禁止であったが、私は留守をねらってときどきしのび込んだ。目的はマイエルの百科辞典(2)の絵を見るのにある。この本には美しい色ずりの絵がたくさんあった。花の絵や動物の絵、世界各国の旗の絵、色々な人種の風俗の絵、いろいろな乗物や機械の絵などである。それから机の上にあるガラス製のぶんちんやからくさ模様のペーパーナイフなども魅力的である。読みさしの本の間にしおり代りにはさんであるペーパーナイフを引出してさて元に返そうと思うと、どこにはさんであったかわからなくなった。いいかげんの所にはさんでおいてそしらぬ顔をしている。そんなことで、あき巣ねらいが入っていることを父は知っていた筈《はず》であるが、それでしかられたことは一度もなかった。

晩しゃくのあとで父はよくうたたねをした。ごはんがすむとそのままそこへねころがって、そのままそこでねこんでしまう。おかぜめしますよお父さんと母がいつもいう。それでも父はなま返事をして起きようとしない。お酒は好きであった。量も時にはかなり多かったこともあった。しかし陽気になるとか何んとかいうのでなく、とうぜんと気もちよくなるのである。おれは酒を薬としてのむのだとよく言っていた。便秘をするとビールを飲む。ゆるむとウィスキーを飲む。子供たちも一寸《ちよつと》おなかがゆるむと、ウィスキーの中に梅ぼしを入れたのを一杯のまされた。ビールとウィスキーを適当にやることで胃腸の調節がとれると父は信じていた。

父は夜不眠になることが時々あったようである。まだ眠り薬など流行しない時であったから、父のそれに対する治療法は、そのときあかりをつけて本を読む、そうするとやがて又つかれて眠くなるという。だから寝床の中での読書は眠り薬の代用でもあった。晩年にはその療法はかえって不眠を助長することになったので別の療法を考案した。それは枕もとにビスケットと水とを用意して、それを飲食する。そうすると、血液が胃に集るから、脳の興奮がとれて眠くなるというのが父の理論であった。この不眠のくせがあったので、父は茶やコーヒーの類は一切口にしなかった。

からだが弱かったので父はたんたんとして山も谷もない平凡な生活が好きであった。凡《およ》そ劇的なことや、はったりめいたことは好まない。玉砕《ぎょくさい》より瓦全《がぜん》(3)、ということをよく言った。芝居や小説は見たり読んだりするにはよいが、自分でやるのはたまらない。停年でやめる前に病気をしたが、そのときに闘病ということばがあるがおれは親病でいく、病気と仲よしになっていれば、はじめ虎のようであった病気も、猫のようにかいならすことが出来るというのである。

父がこういうふうにたんたんとしていたから、われわれの父に対する気もちもたんたんとしている。特別に甘えたこともないし、特に感激するような思い出もない。それにもかかわらず実は子供たちは父にたより切っていたことになる。空気や水のように別ににおいも味もないが、これほど貴重なものが外にあったろうか。

私はからだが弱かったので父はずいぶん心配したらしい。しかしその心配を父は決して顔に出したりしない。心配を表現することがどうして事態を改善するのに役立つであろうか。それよりも父のやったことは、医者と相談してめんみつに私の生活の設計を立てることである。そうして、学校の先生とも相談して、私の学校生活を通じて私の健康を改善することを試みた。父は医者、学校の先生と話し合ってこういうことをやっているのを私には少しも知らせなかった。私が中学校を卒業するときに、担任の先生が私に言った。きみは一人で大きくなったように思っているかもしれないが、きみのお父さんは、きみが健康になるようにずいぶん色々考えて心をくばって来られたのだ。このごろは元気にしてますかってよく私のところへひそかにきに来られた。だからきみはお父さんをありがたく思わなくてはいけない。

私は私なりに独立心が出てきたから、父にあまり心をくばられるのはいやであった。父はその私の気もちを知っていたから私にはないしょでこんなことをやっていたのである。

父が死んだあと、私は父の日記帳を引ぱり出してきた。そうすると、私たちの知らないことで、父がいろいろ子供たちのために心をくばっていたことが書いてある。私たちは独力でおとなになったと思っていたけれど、やはり父は子供たちのために、空気の如く水の如く貴重なものであった。

私はマイエルの事典をかたみにもらうことにしている。この本の絵は子供の時の思い出になる。この本にある動物や植物の絵や、汽車や電車や、いろいろな機械の絵が、私の科学心の芽ばえをつちかってくれたような気がする。私が子供から大人になりかける時代にも、父の書斎にしのび込んでこの本を見ることがあった。その目的を白状すると、その年ごろの好奇心、自分の生理や、ヴィナスに関するもろもろのことについての好奇心をこの本が少しばかりみたす役をするからである。この本を私がもらって家におくと私の子供もまた同じことをするであろう。

戦争中から戦後にかけての困難な時代を、父と母の二人の、あまり丈夫でない老人が、無事にのりこしたのは全く感謝すべきことである。息子や娘たちはみな遠くにいる。食料の買出しにも行けない二人の老人が、とにかく食べて行けた。それはいろいろなかたがたの温い心づくしによっていた。父はそれを御布施《おふせ》を受ける坊さんのように有がたくいただいていたようである。たくほどは風のもてくる落葉かな、という良寛和尚の句をよく口にして、ありがたいものだということをよく私たちに語った。そうして、死ぬときもたんたんとして死んだ。いつものように食事をし、いつものように母と語り、いつものように庭の花をながめ、いつものように入浴して、そうして死んだ。暁烏《あけがらす》先生(4)のお歌にあるように平生の如く静かに死んだ。年は八十歳であった。

（一九五七年　五一歳）

私と物理実験

いかめしい話だが、たわいもない思い出ばなしである。

小学三年ごろ住んでいた家では、雨戸に節孔《ふしあな》があって、そこから毎朝障子《しょうじ》に庭の景色がさかさに写った。朝日に光った雲や、木に集ったり散ったりする雀もみえた。それから気がついたのだろうか、机の引出の底に節孔があるのを見つけて、それを引きぬき、机の下に立て、その前に紙のスクリーンを作ってみた。そうして映る外の景色をねころびながらながめ楽しんだ。家の裏のハラッパには時々何かがおちている。大工小屋が近くにあるので、木切れや釘や、うまくするとナットのようなもの、蝶《ちょう》つがいなどが拾えた。ある日小さい虫めがねを拾った。ふと、このめがねと例の引出の節孔とを組合せたらどうなるだろうと考えた。多分、景色が大きく映るだろうと思った。ところが紙のスクリーンの上には、前よりも小さいが、驚くばかり鮮明な像がくっきりと現われたのでびっくりした。大変な発明をしたと思った。

四年生のころ、石井研堂《けんどう》（1）という人のかいた「理科十二ヶ月」という本を買ってもらった。この本には、手細工《てざいく》の、簡単な道具でできる、いろいろの実験のしかたが書いてあった。たとえば、赤インキで紙に絵を書いて、それを白い壁の所においてじっとにらんだ後、その絵をどけると、白い壁の上に、それと同じ絵が緑色にみえる、などというたぐいであった。たわいもないといえばたわいもない実験だが、そんなのを一つ一つやってみて楽しんだ。

学校で理科をならうようになってから、先生がときどきやってくれるデモンストレーションが楽しみだった。酸素の中で針金をもやす実験は、せんこはなびのようにきれいだと思った。大がかりな実験は雨天体操場にござを敷いて、五年六年の全生徒がそこにすわって見物した。理科の得意な先生が総指揮者になり、あとの先生たちが助手をした。水素の実験では、最後にたくさんのゴム風船をふくらませて、それを、運動場で一せいに放った。このとき、生徒たちは一せいにかん声をあげた。

その頃になると、自分でももっと高度なことがやりたくなった。友だちと図書館の児童室に行くことをおぼえ、そこで例の石井研堂の、もっとアドヴァンスト・コースの本をみつけ、それをむさぼり読んだ。その本から、釘にパラフィン線をまきつけて電信機が簡単に作れることを学んだ。電池がいるが、これだけはおやじにせがんで買ってもらった。

やはり理科のすきな友達がいて、二人で電鈴を作った。ふと、電灯線の電気を流したらどうなるか試してみたくなった。結果は、コイルが火になってパラフィン線が燃えてしまった。あわててスイッチを切ったが、あとのまつりであった。ヒューズが切れて電灯はつかなくなったが、この悪事を二人とも誰にも言わずに知らん顔をしてすごした。

中学生になったとき、親せきのうちから古い幻灯板《げんとうばん》をもらった。日露海戦バルチック艦隊全滅の光景とか、バイカル湖の氷がわれてロシア軍が湖中に没する光景とか、勇ましいものであった。早速《さっそく》幻灯機を作って映してみたが、板のまん中へんしか明るく映らなかった。学校の幻灯機をみて、大きなコンデンサー・レンズ(2)の必要なことがわかった。しかし、こんな大きなレンズは手に入らないのでどうしようかと考えた。フラスコに水を入れて代用になるまいかと気がついて、早速ためしてみたら上成績であった。

しかし日露戦争ものはあまりにも幼稚で、何か、もっといい絵がほしいと思った。出来れば、写真がほしい。おやじが外国でとってきた写真のネガがたくさんあるが、これをガラスにやきつけることは出来ないものか。硫酸紙《りゅうさん》(3)をガラスにはりつけて、青写真の薬をぬってやきつけてみたが、色がうすく、透明度も悪くてものにならない。そこで試みに、寒天をとかして、それをガラス板に流し、乾かしてから青写真の薬をしみこませてみた。乾いたところをやきつけてみたら、予想以上の色濃い、透明な青写真がガラスの上に出来て大成功であった。得意になって友だちを集めて幻灯会をやった。

おもちゃの顕微鏡《けんびきょう》を買ってもらった。たった二〇倍ぐらいのもので、せいぜい蚤《のみ》をつかまえてきてのぞいてみたり、小さいものでは花粉か蝶々の粉が見える程度であった。それでも、裏の古井戸の水の中にゾウリ虫がたくさん動いているのが見えた。何とかして倍率をもっと上げたいと思った。学校からガラス管の切はしをもらってきて、ガスの火でこれを糸に引きのばし、その糸のさきをガスの火に入れると、くるくるとまるまったガラスの滴《しずく》が出来る。こうして作ったガラス玉を対物レンズに使ってみた。そうしたら、収差が強くて、ひどく暗いものしか得られなかったが、それでも倍率は二〇〇～三〇〇倍ぐらいになって、例の古井戸の水の中にいるツリガネ虫(4)の頭と柄《がら》がよくみわけられた。

ポンプのおもちゃを作ろうと思った。シリンダーにはアスピリン錠《じよう》のあきビンを使うことにした。この中に鉛《なまり》を入れて、火鉢の火でそれを熔《と》かし、そこへ針金をさしこんでおいてさました。鉛がかたまると、シリンダーにきっちりはまったピストンが出来た。完全に気密でありながらスルスルとよく動く。あとはビンの底を注意深くぬいて、そこにコルク栓をはめ、ガラス管を二本取りつければよい。ガラス管は、一部をくびって、その中に空気銃の散弾の丸い玉を一つ入れておく。これが弁として働くので、小さなおし上げポンプが一つ出来た。

今の子どもは、小学生でも、ラジオの組立てぐらいやすやすやってのける。模型のモーターを使って、中学生でも電車ぐらい見事に作りあげる。しかし、昔は、模型モーターなどお金もちの家の子どもでもなければ手に入らなかった。電池一つ買ってもらうにも、おそるおそるおやじにうかがいをたてた。今は、いろいろの材料や部品がすぐ手に入るが、昔はそんなものはなかった。だから、手まわりの品物をあれこれとよせあつめ、いろいろ工夫しなければならなかった。しかし、考えたことが予想通り成功したときのよろこびは、今の子どもがラジオを組上げたときのよろこびよりもはるかに強かったのではなかろうか。

今でも、この昔の道楽がときどき出てくる。先日は、日曜を一日つぶして偏光鏡《へんこうきょう》(5)を作った。対角五七度でガラス板から反射された光線は完全に偏《かたよ》っている。この性質を利用した、いわゆるネレンベルクの偏光鏡なら、誰でも簡単に手作りできる。ガラス板やボール紙の代金は全部で二〇〇円ぐらいであった。のぞいてみるものも、昔なら、いろいろと、透明な結晶をさがさねばならなかったが、今では、セロファンという重宝なものがある。セロファンは直線偏光を楕円《だえん》偏光に変える性質をもっているので、ガラス板にそれをいろいろに切ってはりつけ、偏光鏡を通してそれをすかして見ると、いろいろな美しい色が見える。アナライザーの下に、別に、セロファンのスクリーンをおいて、それを回転させると、その色が千変万化する。このおもちゃでこの頃毎日子どもといっしょに楽しんでいる。

（一九五六年　五〇歳）

ある日のできごと

小学三年生ごろのことであったか、ある日学校の運動場で奇妙なできごとが起った。その日は朝から無風でどんよりとうす暗く曇《くも》っていて、しかし太陽のあるあたりは雲がいくらか薄いせいか、それを通して日輪がややまぶしくすけて見える。そんな天気の日であった。季節は春であったか夏であったかあるいは秋であったか、今となっては定かでない。しかしたしかに冬ではなかった。

運動場は校舎の南がわにあって、外は塀《へい》をへだてて杉の林に連っており、そのむこうに道路があり、そこからはこんもりとした森になっていた。ちょうどひる休みの時間であったことは、これからの話で明らかになる。この南がわの運動場は一年、二年、三年生の遊び場になってい て、おりからべんとうを食べおわった児童たちのある者は遊具のまわりに集まって飛んだりはねたりしており、またある者は鬼ごっこなどしてそこらいっぱいに走りまわっていた。

そのときである、杉林の上の空を見ていた一人の生徒が、赤い丸い玉が空をとんでいると言いだした。そして、それを聞いたほかの生徒たちが、遊びをやめてどれどれどこにと言っているうちに、ほんとだほんとだ、あれあれ、あそこにもそこにも、と異口同音に言いはじめた。

なかには疑い深い子どももいたはずだが、みんなの指さすあたりを見ているうちに、暗赤色、暗紫色、あるいは暗緑色をおびた丸い物体がほんとにあちこちと空を飛びまわっているのを発見した。それどころか、その物体は次第にその数を増し、ついには天空一ぱいにひろがっているではないか。こうして運動場にいたすべての子どもたちは、みな遊びをやめ、あれよあれよと上を見ながらさわぎはじめた。

運動場でのあまりのさわぎを教員室でききつけてか、子どものだれかが知らせたのか、その空とぶ物体を自分の目でたしかめるために先生たちが運動場にあらわれた。その結果判明したのは次のようなことであった。

その空とぶ丸い物体は、実は子どもたちめいめいの網膜《もうまく》にうつった太陽の残像であった。そしてそれが目をうごかすたびに天空を飛びかうのであった。そのとき目がうごくたびごとに太陽は網膜の異《こと》なる個所に像をむすび、こうして残像の数はますます増加していったのである。

この日の雲の厚さは、直視できる程度に太陽の光を弱め、しかもなお残像ができる程度のまぶしさを残していた。そして時刻は丁度《ちょうど》太陽が杉林のま上にあった頃で、それらのことが重なって、生徒たちをさわがせたこの奇妙な事件は起ったのである。もちろん残像であれば目をつぶっても見え、天空でないところをも飛びかうはずであった。しかし子どもたちは集団暗示にかかって、それらが天空をとぶ物体だと思いこんでしまったのであった。

これでさわぎには決着がついたが、それはともかく、何とも言いがたい奇妙な色の丸い物体が空一ぱいに飛びかうさまは、子どもたちにとって、びっくりするほどあやしくそして不思議な光景であったのだ。だからこそ六十年もたった今日なお、それはまざまざと思い出せるのである。

（一九七五年　六九歳）

垣《かき》ねの外、塀《へい》の下

何ごとによらず流行のさきがけをするなどということは面倒くさいことで、寒さ峠をこす、という天気予報が出るころになって、やっと流感にかかった。数日ねどこですごしたおかげか、せき、くしゃみ、水ばな、喉《のど》のいたみなどは軽くなり、熱もどうやら引いたようだ。だが何となく調子わるく、起き出るのもおっくうで、蒲団《ふとん》の上にすわって、ガラス戸ごしにひねもす庭をながめたりしている。

ひねもす庭をながめていると、垣ねの金網を通して、外ゆく人がちらちらと見える。垣ねの外の道は、右へ二十メートルほどで表通りにつながっていて、その向うがわはスーパーになっている。庭から見えるのは、そのスーパーへ買いものにゆく人と、それを済ませて帰る人が多い。

だから当然、左から右へゆく連中は手ぶらで、右から左へゆく連中は品物の一ぱい入った紙ぶくろを両手でかかえたり、あるいは手押車で運んだりしてゆく。そのほか、うば車に赤ん坊をのせた母おや、そのうしろをだまってついてゆく小さな子、子どもをだいた父おや、ジーパンの若者などいろいろである。

この道路の朝は学校へゆく子どもでにぎやかである。また駅への近路でもあるので、せっせと通勤する人たちも見られる。いつごろからであったか、何匹かのキャンキャンと啼《な》く小犬を、縺《もつ》れるように引っぱってゆく奥様が、出勤の御主人を毎朝うちの門あたりまで送ってこられる光景が見られた。だが何日かの間、キャンキャンが聞こえず、奥様の姿も見えないと思っていたら、ある日奥様は腕に小さな赤ん坊をだいて再びあらわれ、見れば、もう犬はお連れにならない。そしてそれ以後いつも、奥様は赤ちゃんを腕に、御主人は別れるとき赤ちゃんに向ってバイバイをなさる。

表通りのかどは郵便局なので、記念切手などの出る日の朝は、早くからベチャクチャ、ベチャクチャおしゃべりの行列ができる。困ることは、庭のまん前の古家がこわされて空地になってから、夏はそこがアカザ(1)の藪《やぶ》になるので、そのなかの物かげで犬だけでなく人間も用をたしてゆくことである。また、スーパーの自動販売機から丁度よい距離なのであろうか、飲み終ったジュースの缶がここでやたらに捨てられてゆくことである。

今からずいぶん昔、小学生のころ住んでいた家は京都の古いお寺のなか(2)にあった。そして、その家でも庭のむこうが通路になっており、庫裡《くり》に出入りする人はみなそこを通るようになっていた。そのころ、ちょっと重い病気をし、そのあとまだ外で遊ぶ許しが出ないとき、しかたなしにやはり座敷から外の通行人をながめていたものだ。

その家の庭は道との間が板塀でしきられていて、地面と塀との間のほんの少しのすきまからしか外が見えない。だから通行人といっても足が見えるだけである。見ていると、下駄ばきの足、靴ばきの足、草履《ぞうり》ばきの足、足袋をはいた足、はいていない足、男の足、女の足、そんないろいろな足が、右足と左足と互いちがいに動いてゆく。そして、ときどき犬の足がちょこちょこと見え、そのときには、ちょいちょいと鼻も見え、舌も見える。こんな光景をながめて退屈をまぎらしていたものである。

どんな病気にかかったのかというと、京都ことばでいうチビスであった。正確にはパラチフスだったが、お医者様に、入院してもらわんならんな、と言われたときは悲しくて涙が出た。そのころ寝台自動車などはないので、入院するときは蒲団にねたまま駕籠《かご》にのせられて運ばれていった。その途中、夜道の電灯が、すだれを通して駕籠の中を照らしては消え照らしては消えてゆく、それが淋《さび》しく心ぼそく、涙が頬を伝《つた》って流れた。

入ったのは小児科の隔離《かくり》病舎であった。そこでは面会がやかましく、訪ねる人はみな着物の上から白衣をはおらねばならない。その上、親といえども面会時間はせいぜい三十分ほどであった。そういうわけで看病はすべて付添看護婦さんの役目であった。

それはソメカワさんというお姉さんで、朝目がさめたときの顔洗いからはじまり、食事を口に入れてもらったり、小便をとってもらったり、ねまきを着かえさせてもらったりする。少しよくなると、本を読んでもらったり、ベッドに起きあがらせてもらったり、また、窓ぎわに椅子を出してもらったり、何でもかでも、母おやがわりのソメカワさんソメカワさんであった。

はじめてベッドに座り、窓の外を見せてもらったときのうれしさは今でもまざまざと思い出すことができる。どうやらここは病院構内のいちばん奥であったようで、やや広い空地の向うに太い煙突のある建物があり、病院の敷地はそこにある塀でおしまいらしい。塀のむこうには、一ぱい葉のしげった大きな樹が見えるだけで、そのほかに何があるかはわからない。空地のこちら側には、横手から病舎につながる通路があり、そのさきのあたりに賄所《まかないじょ》があるらしく、昼近くなると、待ちかねの食事運搬《うんぱん》車が通路からやってくる。そのほか、付添の人たちの注文らしい店屋物《てんやもの》をおかもちに入れて運んでくる人などが見える。

チビスの恢復《かいふく》期には猛烈な食欲が出るので、食事の運ばれるこの時間が最も待たれるものであった。流動食から半流動食に変ると、いつも半熟の卵の黄身がおかずに出た。それを口のなかでつぶすと、口いっぱいに広がって、得もいわれずに美味である。

そうこうするうちにだんだんと軽いさかなが許され、おやつにはアイスクリームが来るようになった。しかしそれでも物足りなさはなお残るので、ソメカワさんに、彼女が食堂でたべてきた料理のことを話してもらう。きょうはビフテキをたべたとか何とか、よだれの出るような話をしてもらって、ごちそうの空想をほしいままにする。ソメカワさんが話してくれた料理の名は、おおかたきれいに忘れてしまったが、なかでフーカデン(3)とかいうのだけが奇妙に頭に残っている。

ある日ソメカワさんは、看護婦室からもらってきた、と言って包帯の耳をいっぱい部屋に持ってきた。そして、それを編んで小さな草履やわらじを作ることを教えてくれた。またある日には、病舎づきの若い先生の一人が、坊や、ずいぶん頭がのびたな、刈ってあげよう、と言い、どこからかバリカンを持ってきて、ソメカワさんに手つだわせて散髪をはじめた。

しかしこの床屋先生の腕前はまことにたよりなく、何度も毛がひっかかって引っぱられ、いたいよ、いたいよ、と言うたびに、バリカンを毛から離すのにいちいちそのネジをゆるめねばならぬ始末であった。それでも丸坊主になって、白い粉をふり、さあこっちむいてごらん、さっぱりしたろ、などと言って鏡をのぞかせてくれたりした。

ひるの食事のあと、窓近くよせてもらった椅子にすわって外を見ていると、初夏の日をあびたそこの空地で、先生がたがキャッチボールをしている。そして、看護婦さんたちがベンチでそれを見物したりしている。ソメカワさんも窓からそれを見ていて、あっちのは何々先生、こっちのは何々先生、いまボールを落したのは何々先生、などと先生の名まえを教えてくれる。

そのソメカワさんが、あるとき古い雑誌のようなものを持ってきて、ひどいことが書いてある、とぶつぶつ言っていた。今思うと、この雑誌は看護婦さんたちの手から手へとまわし読みされたものらしい。何が書いてあるのかと聞くと、ソメカワさんが言うのには、あのウキタ先生のお父さんの悪口が書いてあるという。何でも、先生のお父さんは社会主義者で国賊《こくぞく》だというような記事らしい。当時は大正デモクラシイの時代であった。

こんなことがあって、病院にはひと月近くも居たであろうか。やがて退院の許しが出て、たくさんたまった手作りの草履とわらじとを空ばこに入れてもらい、それを後生大事に持って、お寺のなかの家へ帰ってきた。帰りはもう駕籠などでなく、またメソメソすることもなく、出むかえの母おやと一しょに、人力車にのって家に戻ってきた。そして、ソメカワさんも家まで送ってきた。

家では庭に面した座敷にちゃんと蒲団がしかれていた。そして久しぶりに、のびのびと自分の家で横になった。しかし、外で遊ぶ許しが出るまでは、板塀の下を通して外ゆく人の足だけを見ている、あの退屈な暮しで我慢せねばならなかった。

戦後ソメカワさんと再会したことも書いておかねばなるまい。何十年ぶりかの対面で、彼女は、まあ坊っちゃん出世しなさって、と涙声で言い、しばらくはあとの言葉が出ない様子であった。

（一九七六年　七〇歳）

鏡のなかの世界

鏡にうつった世界は右と左が逆になっているということは、子どもでも少し大きくなれば知っている。実さい誰でも、鏡に向って自画像をかいたり、鏡すがたを写真にとったりした経験のある者は、胸ポケットが逆のがわについていたり、左前のきものを着たりした自分の姿を見出すだろう。ところが、これは変だぞと考えた疑い深い男がいた。

鏡にうつった世界は何も右と左とが逆にならねばならぬ理由はないではないか。たとえば上と下とが逆になったように見えてなぜ悪いのかという。

かつて理研にいたころ、この問題を提出した男があって、ひるめしのあと、研究室の連中が甲論乙バクいろいろ珍説明が出た。

幾何光学によれば、鏡の前に立った人の顔のところから鏡に向って引いた垂線の延長上には顔がうつり、足のところから引いた垂線の延長上には足がうつり、決して顔の向うに足がうつり、足の向うに顔がうつることはない。だから、上と下とが逆になることはない。これが一説。

この説に対してはもちろん直ちに反対が出た。幾何光学によれば、鏡の前に立った人の右手のところから鏡に向って引いた垂線の延長上には右手がうつり、左手のところから引いた垂線の延長上には左手がうつり、決して右手の向うに左手がうつり、左手の向うに右手がうつることはない。だから、その論法だと、右と左とが逆になるということはないはずだという結論になる。これが反対論。

だから純粋に幾何光学だけからいえば、右と左とが逆になるという代わりに、つむじまがりがいて、上と下とが逆になるのだ、といっても反論はできそうにない。

そこでいろんな説が出た。重力場の存在が空間の上下の次元を絶対的なものにしているからという説。これは物理屋らしい説明だが、この場合、一般相対論などをもち出すのもおとなげないので、重力場と光線の進路との間には何の関係もないだろう。そうすれば、この上下の絶対性は、物理空間の中にあるわけではなく、むしろ心理的空間の性質であろう。

問題が心理ということになると、重力以外にもっと別の理由があるかもしれない、という議論が出た。一説として、人間のからだは上下には非対称的だが、左右にはほぼ対称的だ、ということから起こるのではなかろうか。また別の説。人間のからだは縦に長いからではないかとの説。一ぺんに否定された珍説もあった。人間の二つの目が横にならんでいるからという説明だが、片目をつぶって見ても事情はなんにも変わらないではないか、と反バクされて、この説はつぶされてしまった。

そのうちに、上と下とが逆になって見えることだってあるといい出したものが出てきた。畳の上にあおむけにねころんで、顔の前に水平に鏡をかかげてみれば、畳の下に下向きになった顔が見えるではないか、という。なるほど、それもそうだ。そういえば、池にうつる風景は上と下とが逆になっている。

しかし、それにもかかわらず、ではどうして縦においた鏡では右と左とが逆になり、平においた鏡では上と下とが逆になる、というように見えねばならないのか。そのように見えねばならぬ必然性は一体あるのかないのか。平においたとき上と下とが逆に見えるというなら、縦においたときには、前とうしろとが逆になったように見えねばならないではないか。実さい、鏡にうつった自分の手さきを見ながら紙の上の図形をペンでたどっていく心理テストがあるが、このとき困惑するのは左右よりむしろ前後に筆をうごかすときである。鏡を見ながら初めてネクタイを結ぶとき誰でもが経験する、あのもどかしさである。こんなことでまた議論があともどりして、いつまでたっても決め手が出ない。

どうやらここまでくると、心理空間には上と下の絶対性のほかに前うしろの絶対性があるらしいことがわかってきたようだ。問題は幾何光学にあるのでもなく、いわんや数学にあるのでもなさそうだ。

右と左とが逆になっているとか、上と下とが逆になっているとか、あるいは前とうしろとが逆になっているとか、そういう判断は、鏡のうしろに実さいにまわって立った自分の姿を想定して、それとの比較の上での話であろう。そうすれば結局は、鏡の横を通ってうしろにまわった自分の方が、鏡の上を通って向うがわでさかだちしている自分より想定しやすいからであろうし、鏡というものは自分の前すがたを見る目的で作られたものだから、鏡の向うがわでは当然自分はこちらを向いているものだとの前提が暗黙のうちに認められていることもあるのだろう。

しかし、どうもおく歯に物がはさまったような感じである。鏡のなかにうつった自分の姿を感じとるのに、こんなややこしい理屈があろうとは何だか解《げ》せない気もちもする。

近ごろは人工衛星が飛んで、無重力状態を人間が経験することができる。宇宙船のなかでは、だから、上と下との区別はない。そこで、宇宙船のなかで鏡を見たらどう見えるか、ガガーリンさんに聞いてみたい。そうすれば、上下の絶対性が重力場に起因するものか、人間のからだの形とか、動作の特性に起因するものか、一つの決め手になるだろう。それとも、何かもっと一刀両断、ずばりとした説明があるのか、数学セミナーの読者諸兄に教えていただきたい。

とにかく、物理学者とは、ときどきこんなたわいもない議論をする人間である。ただ、この理研での議論は、あまりにも早い時期に行われすぎて、リー、ヤンのパリティー非保存(1)といったような素粒子の法則は鏡映に対して不変性をもたないという大学説にまで発展するには、そのときまだ機が熟していなかった。これはなんとも残念なことであった。(一九六三年　五七歳)

かがみ再論

毎度かがみのことで恐縮だが、このごろ少し気になることがある。それは何かというと、デパートなどで壁や柱にかがみをはめ込むことがはやっていることである。おそらくそれは、かがみを使うことによって狭い場所を広く見せ、品物をますます豊富に見せ、すばらしい豪華な空気をもり上げようというのだろう。(万引をふせぐためという説もある。)たしかにかがみはそういう効果があって、ベルサイユ宮殿にはかがみの間というのがある。

しかし、宮殿ならいいけれど、デパートでかがみを使いすぎると、困ることがおこる。人の待ち合せなどやるとき、あ、やっとやってきた、と思わずにっこりして手をあげて合図などすると、まわりの人はけげんな顔をする。気がつくと、待ち人はうしろから来ているので、結局柱に向ってにこにこしていることになり、間の悪いことになる。

そんなことはまあいいとして、それより困るのは事故のときではないか。地震とか火事とかいうとき、かがみに迷わされる心配はないだろうか。出口に向って逃げたと思ったらかがみにぶつかってしまうということはないだろうか。また、よりによってぐあいの悪いことは、出口という字も非常口という字も、かがみに映ったものと本物と区別がつかないことである。入口という字は、映像と本物と少しはちがっているが、とっさの場合にその判断はむつかしい。

デパートを経営するかたがた、消防署のかたがた、考えてください。（一九七五年　六九歳）

見える光、見えない光

静かな日には、池の水は鏡のように平らになっています。そういうとき、水の中に棒を入れて動かすと、棒の所から波が出来、その波が遠くの方まで伝わって行きます。水の上に浮いている木の葉は、波が来ると上下にゆれますが、木の葉は、もとからいた所に浮いていて、その場所は変っていません。このことは、棒の近くにあった水が、木の葉のところまで動いて行ったために波が出来たのではなくて、棒を動かすと、棒の近くの水面が上下に動きだして、その運動が次々と波形をして四方に伝わって行くことを示しています。

音は空気の波であることが知られています。音が聞えるのは、音の出た所にあった空気が、あんなに速く私たちの耳まで飛んで来るからではありません。空気は、なるべく濃い所とうすい所がないように張りつめています。そこで、たとえばタイコをたたくと、タイコの皮がふるえて、その近くの空気がゆれ出して、空気の濃い所とうすい所が出来ます。その濃い所とうすい所がちょうど水の上の波のように、空気中を伝わって来て、私たちの耳の近くにあった空気をゆり動かし、それが私たちのコマク（耳の中のマク）をゆり動かすので、私たちは音を感じるのです。放送局からやって来る、あの電波も同じです。

プラスの電気を持ったものとマイナスの電気を持ったものとは、互いに引きつけ合い、プラスとプラス、またはマイナスとマイナスの電気を持ったものは互いにはじき合うことは、よく知られていることです。つまり、電気を持ったものに電気を持ったものを近づけると、そこにある力が働くわけです。ですから、電気を持ったものの近くの場所は、そんなものの何もない場所とは、見たところ別に変っていないのに、実は様子が違っています。それは、電気の近くの場所は、電気を持ったものを動かす力を持っているのに、そうでない場所は、このような力を持っていないからです。このことを、電気を持っているものはそのまわりに電場を作る、といいます。

それでは、この電気を持っているものをゆすぶってみたら、どんなことが起るでしょうか。

そうなると、それにつれて、その力もふえたりへったり、変化するのです。つまり、電場がふえたりへったりするのです。そうして、ゆすぶる速さをうんと速くしますと、風のない時の池の水面と同じように、静かに眠っていた電場がかき乱されて、この電場のふえたりへったりが、波のように四方に伝わって行きます。これが電波といわれるものです。ですから、遠くの方に別の電気を持ったものを置いておくと、ちょうど水の上に浮いている木の葉が、水の波でゆすぶられるように、それが電波でゆすぶられることになります。

この電場の波は、物のある所でも、何もない所でも、平気で通って行きます。この波は、いたる所、太陽と地球の間のように空気も何もない真空の所にも、伝わって行きます。

これで、水の中に入れた棒をゆり動かすと水面に波が出来るのと同じように、電気をゆり動かすと、そのまわりに出来るのが電波だ、ということがおわかりでしょう。放送局のアンテナは、電気を動かして電波を送り出すためのしかけです。アンテナの針金の中には、一秒間に数十万回もゆり動く電気が流れています。

水の中に入れた棒をゆり動かすと水面に波が出来るのと同じように、電気をゆり動かすと、そのまわりに出来るのが電波です。水に浮く木の葉が一分間にゆれる数は、波を起している棒が一分間にふれ動く数と同じです。これと同じように、電波のサイクルは、それが送り出されたアンテナで電気がふり動いた数と同じです。ＪＯＡＫ(1)のアンテナでは、一秒間に五九万回、電気がふり動きます。そうすると、その近くから電場が波だって、五九万サイクル（五九〇キロサイクル）の電波が伝わって来ます。そして、私たちの受信器の近くの電場も、一秒間に五九万回の速さでゆれ出して、それが受信器の中の電気をゆすぶるので、ラジオが鳴り出すのです。

光も電波です。光とラジオの電波は同じ電波であるのに非常に違って見えるのは、光の波のサイクルが、ラジオの電波のそれにくらべて、とてつもなく大きいからです。では、光を出すアンテナは、どこにあるのでしょうか。

それは原子です。あのネオンサインの赤い光は、あの中にあるネオンの原子から出る電波で、そのサイクルは約468000000000000です。この電波は、原子の中で非常に速くゆれ動いている電子が出すのです。放送局が違うと電波のサイクルが違うように原子の種類が違うと、それから出る光の波のサイクルが違います。あの紫色の水銀灯の光は、水銀の原子から出る電波で、そのサイクルは約688000000000000です。光の波のサイクルが違うと、私たちの目には、色が違って見えるのです。そして人間の目は、この赤と紫の二つの光の間の大きさ、またはその近くの大きさのサイクルの電波だけしか、見ることが出来ません。紫の光よりも大きいサイクルの電波は紫外線で、もっとずっと大きいサイクルの電波はX線（レントゲン）と呼ばれているものですが、これらは私たちには見えません。赤い光よりも小さいサイクルの電波は赤外線で、もっとずっとサイクルが小さくなるとラジオの電波になります。ですから、これらの電波は目に見えない光と言っても、よいでしょう。

高い音も低い音も同じ速さで空気中を伝わって来るように、真空中では、目に見える光も見えない光の電波も、同じ速さで伝わります。それは一秒間に地球を七まわり半も走るほど速いものです。

光の波や電波については、いろいろむずかしいことがあって、今でも世界の物理学者の頭をなやませています。

（一九五〇年　四四歳）

原子研究の町——プリンストンの一年

プリンストンの研究所

学期がはじまると町中に学生があふれて若々しい活気で一ぱいになる。休暇に入ると町はからっぽになって、ねむったようにひっそりする。プリンストンはすべてが大学によって動いている。

Institute for Advanced Study(1)という研究所がこの小さな大学町にある。研究に従うもの約百名、それに他の所員を加えても全員は約百五十名にすぎない。アメリカという国は、何でも大じかけな国であるが、これは珍しく小さな研究所である。しかしこの研究所は学者のみならず一般の人々の間でも有名である。

この研究所が一般の人々に有名なのは、そこにいるアインシュタイン老先生の故《ゆえ》である。しかし、この研究所を学者の間に有名にしているのは、その特色のある人員構成のためである。ここには約百人の研究者がいるのに、その三分の二以上が国内から、または他の国から一時的に来ているお客である。これらのお客は長くて二年、短いのは半年かぎりの所員であり、従ってここの顔ぶれは、二十三名の専属所員を除いて、いつも変っている。これが他では見られないこの研究所の特色である。

この研究所は人文科学と自然科学との二部門からなっているが、この変った人員構成は自然科学部門で特にいちじるしい。なかでも物理学部では、専属所員はたった三名しかいない。これに対してお客は約三十名もいる。

三名の専属所員の一人がアインシュタイン老先生であって、すでに引退して名誉所員となっておられる。他の一名は有名なオッペンハイマー博士であって所長をかねておられる。オッペンハイマー博士は一般の人々には原子力とむすびついて有名であるが、専門家にとっては、その鋭い批判的な仕事のしぶりで知られている。

三十名のお客はいろいろな国から来ている。一九四九年度の名簿をみると、約半数はアメリカ人であるが、残りは全部外国からのお客である。英、仏、スイス、スウェーデン、フィンランド等の欧州諸国、メキシコ、ブラジル等の南北米州諸国、中国、日本などのアジアの国などがそのお国わけである。私もそれらの末席をけがして一九四九―一九五〇年の学年にこの研究所がよいをした次第である。湯川（秀樹）先生はその前の年度ここにおられた。

お客の中には有名な大家が少くない。物理学者ではスウェーデンのクライン先生(2)、スイスのパウリ先生(3)などである。クライン先生はかつて我が国の仁科《にしな》先生(4)と共同で、クライン・ニシナという大切な公式をみちびき出された。パウリ先生は、パウリの原理という重要な原理の発見者として、ノーベル賞を受けられたことがある。

この研究所にはまた時々たびとがおとずれる。いろいろな学者が一、二日または一週間というふうにここに滞在する。一九四九―一九五〇年にかけてここをおとずれた有名な学者は、イギリスからディラック博士(5)、インドからババ博士(6)などがある。アメリカの学者の訪問はかぞえきれないほどである。日本のニシナ博士も今年の四月にここをおとずれられた。

これらの大家以外のお客は大てい若い元気盛りの秀才たちである。どこかの大学でドクトルをとって、そのあとしばらくここで年季を入れようとする、それらの若い人にとって、これらの大家はインスピレーションの源となる。

つねに人員が入れ替っているので、この研究所のふんいきはいつも新鮮ではつらつとしている。沈滞《ちんたい》とか固定とか、そんな空気はみじんもみられない。しかし、このことからこの研究所は人たちが来ては去っていく通り場所にすぎないとは言われない。この研究所には明らかにちゃんとした学風がある。何といっても、ここに専属する大家《たいか》の個性的な指導力が強くそこの空気に影響するからである。

指導者の個性によって生れた学風をのぞいても、この研究所のあり方自体から来る学風がある。それは、空気が非常にアカデミックなことである。この研究所には研究以外の義務は一つもないので、浮世を忘れて研究だけに専念することができる。即ちここは完全な象牙《ぞうげ》の塔である。これから自然にアカデミックな学風が生じてくる。

これに対して、この研究所はあまりにアカデミックであるという批判が時々ある。プリンストンは非現実的である、とか、雲の上である、とかいう声が時々聞える。しかし、万事があまりに現実的すぎる世の中で、こういう場所のあることは貴重なことである。そういう場所に一、二年出かけていって雲の上の空気を吸いこむことは、研究者にとってどうしても必要である。

憂うつと黒人町

この研究所のあまりにもアカデミックな空気は、そういう伝統のない東洋の島国のガタピシした環境で育った人間にとって時々たえられない圧迫感を引起す。とくに仕事がうまくいかないときにそうである。こういうときには学問などというものがひどく灰色にみえてきて、学問の圧迫感のために研究所に行くのにひどい抵抗を感じる。研究所へ向うはずの足が反対の黒人町の方に向かってしまうのはそんなときである。

プリンストンの町は旧本郷区より少し小さいかもしれない。大学の前に一本大きな通りが通っていて、ちょうど、本郷三丁目からはじまって肴町《さかなまち》(7)で終るぐらいの見当である。プリンストン大学を東京大学になぞらえると、研究所は湯島の天神様のあたりになる。大学前の通りは、レストランや小売店などがあって、学期がはじまると学生でにぎやかになるのはこの通りであ

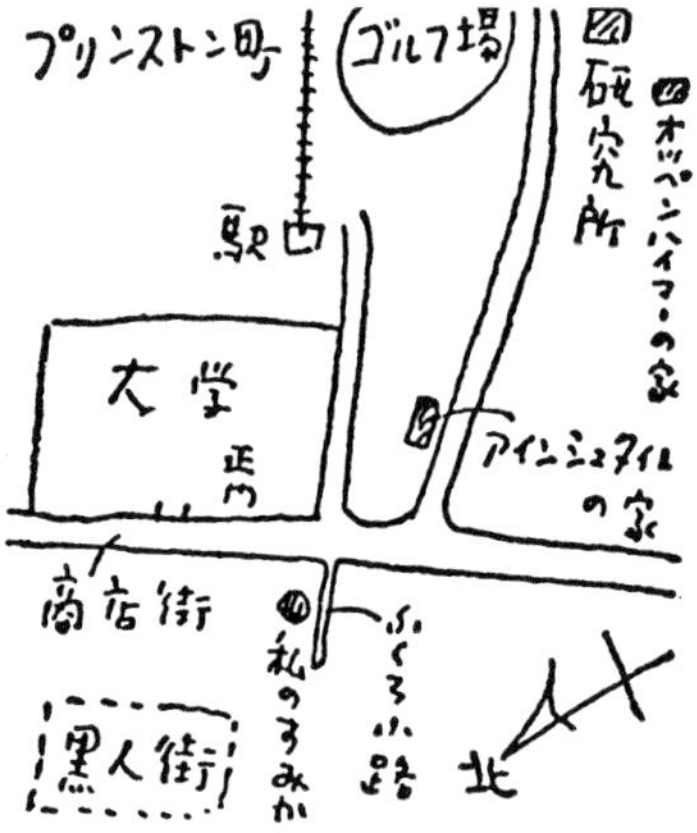

る。この通りの裏側の、西片町《にしかた》(8)にあたる見当にその黒人町がある。

学問の圧迫感から研究所をエスケープして黒人町をあるくのは、この東洋人にとって何となく親近感を感じるからである。家は少しかたむいているし、かきねは半ばこわれている。通行する人々はおよそ学問などと縁のない人ばかりである。通りでは子供たちが多ぜい遊んでいる。学問が灰色に見えれば見えるほど、通行人の顔が親しげに、遊んでいる子供たちがかわいらしく見える。秋になると、この黒人町をおおいかぶせているメープルの葉が道一ぱいに散ってくる。子供たちは路につもっている葉っぱの山の中で、そのおち葉をからだ一ぱいにあびながらたわむれている。このとき、かれらの黒い顔と黄色いおち葉と秋の日の光りがなんとあざやかに見えたことだろう。

学問が灰色にみえるとは、学問などは人生の一大事でも何でもないと心が主張しだすことである。アインシュタインくそくらえ、という気もちのおこることである。しかしよく考えてみると、これは仕事がうまくいかないからのことであろう。それは、すっぱい葡萄《ぶどう》を食ったイソップの狐《きつね》の気もちに通ずるもので、要するにホームシックのあらわれの一つであるらしい。

ホームシックと自動車

ホームシックははなはだ非合理的な病気である。雨のふる夜ねむりからさめたとき、外は雨音で一杯なのに、天井に雨もりの音のしないのが心細い気もちを引起したり、便所に入ってにおいが一向にしないのが物足りなかったりする。

この病気にはいろいろな原因があるだろう。ことばの不自由も大きな原因であろうし、家族からはなれたことも原因になるだろう。しかしそのほかにアメリカ生活になくてはならない自動車を持たないことなどが原因になり得るようである。

プリンストンの市民たちは、日曜になると一家そろって自動車でどこかへ出かけて行くのだが、彼らは一体どこへ行くのだろう。このことがこの異邦人にはついに帰国する少し前までわからないことであった。ある日、東京大学の嵯峨根《さがね》くん(9)がさっそうと自ら自動車を運転してこの町をおとずれた。そこで我らはこの自動車で十数マイルのドライヴをしてワシントン将軍の古戦場を訪ねた。デラウェア河という河があって、そこに古い大砲などがおいてある。そのあたりは広い公園になっていてたくさんの自動車がパークしてある。川原に出ると、私はそこで楽しげに料理したり食べたりねそべったり、また川の中で水あびしているアメリカの隣人たちを発見した。こうして市民たちの行きどころをつきとめたのは十ヵ月の滞在を終るわずか半月くらい前のことである。

私は散歩が大へんすきなのでよく歩きまわった。ところが街を出はずれてハイウェイにさしかかると、ぱったり人通りがなくなってしまう。こういう所をあるいていると、犬が吠《ほ》えたり、自動車で通る人がいぶかしげに見たりする。ハイウェイというものは自動車の線路であって、その上を歩くということは、日本で鉄道線路を歩くと同様異例のことは後になってわかった。嵯峨根くんの自動車で後に大陸横断の大旅行をやったが、そのとき車の中からみる歩行者の姿はまことにあわれであった。彼らは失業者、ルンペン、そうでなければ犯罪人のように見えるものである。

向う三軒両どなり

プリンストンで私のすみかは本郷三丁目のやぶそばの横町に相当したふくろ小路にあった。スコットランド系の五十がらみの後家さんのうちに部屋をかりていたのである。日本からのもう一人のお客の小平さん[10]も一しょである。家は二階木造の二軒長家で、あまり上等ではない。お向いの主人はタキシーの運転手であり、小路のおくの方には、レストランの給仕をしている婦人がすんでいる。そういう小路である。

二軒長家であるが、さすがに隣とのしきりはしっかりしていて、隣の音が聞えるようなことはない。ただ時々風呂に入っていると、隣家とこの家の間どりが境界に対して対称であるらしいので、隣家でもすぐしきりをへだてて入浴しているけはいがする。というのは、水の音と、浴場で歌をうたう声がきこえてくる。これは隣家のむすこの声のようだ。このむすこはハイスクールの生徒である。

ふくろ小路というのは、どこも同じく子供の遊び場になる。路に白黒ですじを引いて石けりをやるところも、どこでも同じことらしい。日本でみられないのは、ピストルを両手にもってカウボーイのまねをする遊びである。

お向うのむすこは年は十七、八の立派な青年だが、子供のとき小児マヒをやったので、どもって物がうまく言えない。そんなだから学校にも行かず、つとめにも出ず、ちょっとした走りつかいや仕事の手つだいなどで小遣《こづかい》をもらっている。そういうことのないときは、ふくろ小路で子供たちのお相手をしている。そういうからだでも彼はいつもくったくなどしていない。

ある日雪がふった。小路に子供が朝早くからわいわいさわいで雪だるまを作る。そのうちめいめいの家から雪ぞりをもちだして彼らは乗りだした。三だいばかりのそりをつないで、彼《か》のどもりの青年がそれを引ぱっている。私がそれを見ているると、彼はさすがに少してれて、今日はぼくは馬ですよとどもりながら言った。

日曜日にこれらの連中は小ざっぱりとめかして、例の、どこかわからない所へ出かけていく。

プリンストンの秋

公園のベンチなどに腰をかけてぼんやり怠《なま》けているのはなかなかいいものである。ところがプリンストンに欠けているのは公園とベンチであって、これは怠けずきの私にはちょっと困ったことである。この町は全体が森の中にあって町自身が公園のように美しいので、その住人にとって公園などはいらないはずだったのである。

この大学町を本郷区になぞらえたけれど、このたとえは町の大きさとその位置づけを印象づけるためだけのものである。町の風景は東京とは全く異なって、全然比かくにならない。町全体が芝生と森である。黒人町のようなうら町でも大きなメープルの並木に覆《おお》われている。大学のうしろには大きなゴルフ場があって、そこから大学の先生がたの住宅地をこえて研究所の広い芝生につながっている。研究所のコロニカル・スタイル(11)の時計台はずいぶん遠方からみえる。

この町は一面非常にアカデミックであるが、小さな町のことであるから、親しみぶかい要素も多い。この異邦人にも、みじかい滞在の間に街の主だった店の主人や、レストランの給仕のおばさんたちの間にいつの間にか顔みしりができる。アインシュタイン老先生が町を散歩しておられるのをよく見かける。

アインシュタイン先生について一つの伝説がある。この先生がパイプを口にしながら町を散歩しておられると、一人の子供が、先生をよびとめて、学校でわからなかった数学の解きかたを教えていただいたというのである。話の真偽はしらない。この町はメープルの木が多いので秋はとくに美しい。黄色になったおち葉が路の上にいく重にもつもると、自動車のタイヤがあとからあとからそれを踏みつけていく。そうするとこの葉が臼《うす》でひかれたひき茶のように黄色い粉になっていく。そうして、この粉が相当たまったと思うと、ある日どっしりとした撒水車《さんすい》が町を走ってきれいに拭《ふ》きあらってしまう。こういうことを二、三日やっているうちにやがて町は冬をむかえるのである。

（一九五一年　四五歳）

ボロ家の楽しみ

うちの大学(1)はいま本館建築のさいちゅうで、これができると少しは立派になりそうだが、今までは日本有数のきたない大学だった。少なくとも東京では最もきたない大学であった。特に桐花寮《とうかりょう》という寄宿舎は悪名高いものであって、映画「どん底(2)」の場面そっくりで、こういうところに住む学生たちはたまったものではないかもしれない。しかし、学生諸君にはお気の毒ながら、見物して話のたねにするのにはなかなか乙《おつ》なものであって、今年度中にとりこわしになるのが、ちょっとおしいような気もする。

むかし京都の中学校(3)にいたとき、この学校は日本最古の中学だといって威張《いば》っていたが、そのぼろさ加減も日本最高であって、床にはいたるところに穴があり、天井は波のようにうねっていて、雨が降ると、雨が漏《も》る、というよりも、天井から滝がかかってきた。悪童たちはよく教室の中で傘をさしてふざけたものである。高等学校に入ると、その寄宿舎がまた相当なもので、おまけに学生たちの間に部屋をきれいにしない趣味が流行していたので、そのきたなさは環《わ》をかけた有様であった。

こういう環境で教育されると、どうも、あまりきれいな建物の中に入ると窮屈《きゅうくつ》で、そして机の上をきちんと整理したり、身のまわりをちりひとつないようにする、などということは面倒くさくておっくうだという悪い習慣がついてくる。そんなわけで、いつかアメリカに行ったとき、あまりにもちゃんとした家にいて、雨が降っても天井に雨漏りの音一つしないのがものたりなく味気なく、ついにホームシックにかかった。

雨が漏ったか何かで天井や壁に妙なしみができていると、病気などしたとき退屈をしのぐのになかなか役に立つ。しみを見ていると、それがいろいろ不思議なけだものに見えたり、ドーミエ(4)えがくところのグロテスクな人物の顔に見えたりする。数年まえ、ドイツに旅行したとき、フランクフルトで病気になって、十日ばかり大学病院に入院していたことがあった。この病院は空襲を受けて大ぶんいたんだ建物で、壁のペンキが古くなって、そこにはいろいろと入りくんだ曲線のひびわれができていた。この曲線が、見ようによって、女の裸像に見えたりして結構たのしめた。

こういうぐあいにぼろ家というものはなかなかいいものだが、寒い冬、すきま風の入ってくるのが欠点である。アメリカにいたときの家のように、スチームが通っていて、洗面所ではいつでもお湯が出るというようになっていて、その上で、適当に雨が漏って、壁に模様ができている、そうしてどこからともなく便所のにおいとか、かびくさいにおいとかが、ほのかにただよってきて、その上に欲をいうとすきま風の入らない程度に壁がやぶれていて、そこから晩秋の夜など、こおろぎか何かが迷いこんできて、ころころとなきはじめる、こういうのが理想のすみかである。

だからといって、せっかく新しくでき上るわが大学の建物をよごしたりしようというのではない。人工的にそういうことをするのは邪道である。建物のよごれというものは、そこに生活していた人々のにおいが長い間にしみこんだようなもの、その建物の歴史をひそかに物語るようなものでなくてはならない。そしてそれにも限度があって、桐花寮のように赤痢《せきり》の発生するような建物はいつまでも残しておくわけにはいかない。そこで学長は予算かくとくに努めなければならないし、学生諸君には、大学の建物を大事にして下さい、といわねばならない。

（一九五九年　五三歳）

わが放浪記

日本学士院会員(1)というのは、名前ばかりいかめしくて大した特権も持っていないようだが、一つだけありがたいことは、一年の半分だけだけれども、全国どこでも通用する国鉄パスがいただけることとである。このパスは、地方に住む会員の先生方が毎月、東京の例会に出るために使われる、というのが、その正式な使用法であろうが、ほかに、悪用のみちもたくさんにある。現に、東京に住むものにとっては、悪用のほか、使いみちはないではないか。

行く先指定のないパスであるから、国鉄に乗ってから急に気が変ったときなど、たいへん重宝である。また、散歩といって、行く先をきめないぶらぶら歩きが楽しいように、はじめから行く先をきめずに、とにかく駅に行き、気のむいた方向の車に乗って、気のむいた所で下車する、といったやりかたも楽しいものである。

もっと悪質なのは、つとめに出る途中、ふと気を変えて、つとめを怠《なま》けて、どこかへ行くことである。学校へ行くときは、お茶の水で降り、そこから地下鉄に乗りかえることにしているが、お茶の水で、ふと気を変えて、千葉行きに乗り、千葉まで行き、かつて昔、海水浴に来たあたりをぶらぶらし、千葉の町へ引きかえして、町で行きずりの一品料理屋ののれんをくぐって、名物「焼きはまぐり」をさかなに、一杯のんでいる。まわりは知らない人ばかり。何だか、どこか遠い所へ放浪してきたような気がして楽しいものである。それに、この種の放浪には、つとめを怠けてひそかに来ている、という一種の小さな罪悪感と、犯罪人が逃げかくれるとき感ずるであろうスリル感とが、いくらか伴って、それが楽しさを倍加するものである。

こういうこともあった。京都にちょっとした学会があったとき、神戸の親戚に泊めてもらっていたが、朝、出かけるとき、ふと気が変って、京都と逆の向きに乗車して、明石でおり、船にのって淡路島に渡った。この船というものがまた旅情をかきたてるもので、おりから、お正月休みに近い頃だったので、島を離れて神戸や大阪に移って就職している工員さんや店員さんたちが、こざっぱりした服など着て、少しばかりめかしこんで帰郷する、そういう連中と同船した。この連中は、ふるさとで正月をむかえるのに胸をふくらませているだろう。また、彼らや彼女たちの家では、なつかしい両親や兄弟たちが、彼らや彼女たちの帰りを待ちわびているだろう。それにくらべて、東京に住み、東京につとめる人間の正月の何と索漠《さくばく》としたものであることよ。こんなことをとりとめなく考えながら島につく。そして、島でぶらぶらして夕方帰ってくる。

学会というものもひどく退屈なものだが、それに劣らず退屈なのは会議である。しかし、会議は怠けるとすぐわかるので、会議のときには、こういう手を使う。それは、地方で催《もよお》される会議に出張するときは、会期にさばを読んで出かける。そして、そのおまけの一日を利用して、ふらりとどこかへ出かける。

まず京都駅に行って、駅の時刻表を見る。関西線柘植《つげ》行というのが間に合いそうだ。そこで、それに乗る。停まる駅ごとに、ホームの名所案内のたてふだをみる。すると、柘植駅で、芭蕉翁の墓、というのがあったので、よしこれだ、というわけでそこで降り、芭蕉の墓にお参りしてくる。そうすると、この俳聖の心がわが心にのりうつったように、何かたいへんな流浪のたびをしているような気持になる。

こういったように、見知らぬ所にふらりと行くのもよいものだが、老人にとってなつかしいのは、かつて自分が若かったとき行った土地へ行くことだ。というと、大げさだが、京都へ行くと、よく琵琶湖へ出かけてみる。遊覧船にのり、近江八景見物などする。団体船だから、石山寺で記念さつえいなどする。そして、鰉《ひがい》(2)などさかなにビールをのんだりする。団体のお客は家族づれや、あまり豪華でない新婚旅行や、何を見ても楽しいといった陽気な若い連中で、その中にまじって、こちらは、一人ぽっち。少しばかり、さみしいような、しかし一人ぽっちもいいものだ、などと思いながら、コップをかたむけている。帰りに、船が大津に近づくと、大津港の小さな灯台が、見えてくる。昔、自分も、団体のあの陽気な若い連中のように、何もかもが楽しかったころ、仲のよい友だちと一しょに、このあたりで朝から夕方まで船を一そう借りて裸で遊びほうけ、まっ赤に日やけたことなどを思い出してみる。昔は、港のあのあたりに、中学校や高等学校のボート小屋がたくさんならんでいたが、今はない。しかし、向うのみさきの楊柳《ようりゅう》の木は、昔のままに、ここから小さく見えている。昔、何もかもが楽しかったと思うと、一方ではまた、何もかもが、全く絶望的に思われたことも、よくあった。そんな時にも、いつもここへやってきた。そして、波止場《はとば》の棒ぐいにこしかけながら、イッタイ、ボクガ生キテイルコトニ、ナンノネウチガ、アルノデショウカ、とか、何モカモ、ボクガワルカッタノデス、ユルシテクダサイ、などと、心の中でつぶやきながら、波の上り下りするのを、ぼんやりと見ていた。そのときにも、向うのみさきの柳の木は、その波止場から小さく見えていた。

これは、あわれはかない放浪記である。小田実《おだまこと》くん(3)のように規模雄大ではない。また、芭蕉翁のような深みもない。学校へ出かける途中、方向を変えて、せめて北海道、さいはての地まで出かける、といったぐあいになると、少しは真の放浪になる。その上、そのまま、ようとして行方がわからなくなった、となれば、それは放浪の極致である。これは、わが長年の夢ではあるが、そこまではなかなかふみきれない。

(一九六三年　五七歳)

十年のひとりごと

戦争は終ったが、食料もなく家もなく、交通も大混雑でときどき死人が出るほどであった。こんなときにはからだも頭もあまり使わない仕事をやるにかぎると考えたので、まずやり始めたのは、戦争中日本文でまとめてあった研究を欧文になおすことであった。超多時間理論(1)や、場の反作用(2)とか、中間結合(3)からはじめて、磁電管(4)の理論や、立体回路のSマトリックス(5)など、毎日毎日タイプを打って暮した。紙がないので古い原稿用紙の裏を用いた。そのうち、この仕事も終ったが、食料不足が身にしみたせいか、こんな抽象的な理論にうきみをやつすよりも、もっと役に立つことをやろうかとも考えた。戦後一時は誰も彼も夢のようなことを考えたものだが、われわれも御多分にもれず、理研の連中と光合成の勉強などを始めた。田宮先生(6)の論文なども読み合って、本気で食料問題解決に資《し》するつもりだった。しかしこれはものにならず、またもとの商売にもどった。

そうこうするうちに、ぼつぼつ大学の連中も集まってきたので、理研や文理大[7]でゼミナールをはじめた。まず超多時間理論の一般化を若い連中とやり出した。当時交通状態が悪く、かりずまいから通勤に二時間もかかったが、バスの中で積分可能条件をどうやって満足させるかに気がついたりした。

そのうち朝日賞[8]をもらったが、これは大助かりであった。このお金をつぎ込んで畳を十枚買い、学校の大久保分室のやけ残り小屋に居をかまえた。これで住居の問題が一応かたづいたので、場の反作用の問題を考えるのにたっぷり時間が出来ることになった。まず、場の反作用の無限が一部は質量にくりこめそう[9]だと考えた。しかし、くりこんだ残りが有限になるあてはなかった。一方では、坂田先生[10]のC中間子の理論[11]があったので、これを反作用の問題に用いたらと考えた。ゼミナールでいろいろ議論してみたが、計算をまちがえたりして少しモタモタした。しかし結局C中間子の考えで無限大反作用の一部は救われることがわかった。ところがこの計算をよくみると、前から頭の中にあったくりこみの考えで無限大がすっかり分離できることがわかった。

この時分は外国文献も入手難であったが、ある意味では、その方がよかった。外からいろいろのニュースが聞えてくると、とかく自分の仕事から眼をそらされる。大体日本の物理屋は外の状勢でふらふらしすぎるものだが、ときには意識的に外のことに知らん顔することも大切なことではないだろうか。

しかし風のたよりでラム[12]の発見や、シュウィンガー[13]が似たようなことをしていることが聞えてきた。そのうち一九四九年に、オッペンハイマーからプリンストンへの招きがきた。そこでアメリカに出かけたが、くりこみ理論も鼻についてきた。誰も彼もがファインマン・グラフ[14]ばかり書いているし、誰の論文を見てもD函数とか⊿《デルタ》函数とかばかり出てくる。あまりにも個性がなさすぎるので、すっかり食欲を失った。そこで少しつむじをまげて、多粒子問題というあまり人気のない方面に手をつけた。この問題は実は十年ぐらい前から頭の一部にあって、いつかいじってみたいと思っていたのだが、ちょうどプリンストンで十分なひまができたのでまとめ上げた。

当時何かにつけて不自由な日本からアメリカに行くと、始めは何もかも極楽のように思われた。しかし半年もいると味気なくなってきて、雨もりの音や便所のにおいが恋しくなり、結局十ヵ月ばかりで帰ってきた。

こうして、戦後の五年間は相当アカデミックな生活を送っていた。ところが、一九五一年の一月に仁科《にしな》先生がなくなられた。そうすると、先生の引受けていたいろいろな仕事の一部を引きつぐことになった。まず学術会議の原子核研究連絡委員会(後の原子核特別委員会の前身)の委員長という役がふりかかって来て、原子核、宇宙線、素粒子論の一すじなわでいかない猛者《もさ》たちのまとめ役をやることになった。その後は、科研[15]や阪大のサイクロトロン[16]建設に口ききをしたり、基礎物理学研究所[17]を作るために文部省を口説いたり、そういう仕事に追われ始めた。乗鞍《のりくら》の宇宙線観測所[18]の予算をもらいに大蔵省へも出かけねばならなかったし、原子核研究所[19]を作るについては、田無《たなし》の町の人から猛反対を受けて、夜なかの十二時近くまで町の公民館でつるし上げを食うという結構な体験も持った。現在は、近ごろやかましい原子力問題にまき込まれて右往左往している。

こんなにして、戦後十年、一かどの学界名士ということになったせいであろうか、今日は、ある雑誌の創刊十周年記念号を出すというまことに有意義な企てに一筆もとめられて、あまり意味のない原稿を書いたりしている。それもこれも、こんな貧弱なやせ男にも、時世の波はようしゃなくおしよせてくるということであろうか。

（一九五六年　五〇歳）

TOM. 31. May. 1931.

わが師・わが友

大学に入ったけれど

古めかしい煉瓦《れんが》建築の入口を入ると、灰色に汚れたしっくい壁の暗い廊下に、ほこりくさい空気がよどんでいる。この陰気で沈滞《ちんたい》したようなふんいきが、大学に入ったときの第一印象であった。

今から思い出してみても、学生時代に楽しかったこと、生きがいを感じたことなど、一つもなかったように思われる。一つは健康のすぐれなかったせいもあって、何かわけのわからぬ微熱がつづいたり、不眠になやまされたり、冬は必ず二度も三度も風邪をひき、胃弱、ノイローゼ、神経痛、そんなぱっとしない状態がいつまでもつづいた。一方、講義はちんぷ平凡に思われ、物理学というものに大きなあこがれを感じていただけにそれは大変な幻滅であった。

中学五年生のとき、有名なアインシュタインが来日した。何もわからぬのにジャーナリズムはいろいろと書きたて、なまいきな中学生もそれに刺激されて、なんにもわからぬのに石原《いしわら》純《じゅん》(1)先生の本などを手にしたりした。時間空間の相対性、四次元の世界、非ユークリッド幾何(2)の世界、そんな神秘的なことが、このなまいきな中学生を魅了した。物理学というものは何と不思議な世界を持っていることよ、こういう世界のことを研究する学問はどんなにすばらしいものであろうかと思われた。

新しい量子力学が発見されたのは、一九二三―一九二五年ごろのことであったから、それはちょうど高等学校の学生時代のことであった。化学の講義で、原子構造の話などもでてきたが、講義では、ボーア(3)の理論がさも新しいもののように話された。これはとても革命的な新理論で自分にもよく理解できない、と化学の先生は話をした。けれど考えてみれば、それはそのときすでに十年前に出ていた古い理論であった。

高等学校三年生になると、そろそろ自分の専門をきめねばならぬことになる。生物系へ進むものは動物解剖《かいぼう》の実習などをやり、数物系へ進むものは力学をやる。どちらをやるか、いくらか迷ったが、ついに力学の方をやることにした。

その力学の先生は、そのときちょうど京都大学の物理科を出たての堀健夫《ほりたけお》先生(4)であった。この先生は実験家であったが、力学の教えかたはなかなかあざやかで、講義などは一さいやらず、それは学生の自習にまかせ、教室では練習問題を解かせるばかりという斬新《ざんしん》な方法であった。この先生は分光学(5)が専門であったので、新しい量子力学にも関心があり、それに関することがらをこの先生の口を通じていろいろと聞くことができた。電子が波動であるという考えがあるということ、またマトリックス力学(6)という、とてつもない新しい理論があるということ、それから、いま日本の大学でやっている物理などは、もはや古くさくてだめだというようなことがこの若い先生のことばからうかがわれた。

こんな背景をもって入ってみた大学では、実験室はうすぎたなく、ほこりにまみれた古めかしい機械で、ほそぼそとやっている古くさい実験、一方理論の講義は無味乾燥な数式の氾濫《はんらん》。それを一つ一つノートにうつしとっていく退屈な作業。あんなに神秘的に思われた相対論もここでは物理的肉づけも哲学的な考察も全くもたない、ただの数式のいじくりまわしにすぎない。

電子が波動性を持っているとか、マトリックス力学というような、若いものの好奇心を極度にかきたてるような話は一かけらも出てこない。

しかし、この退屈な教室の中にも、沈滞の中にときどきふき込んで人々を生きかえらせる冷風のように、新鮮な空気のただよう時間もあった。それは岡潔《おかきよし》(7)先生と秋月康夫《あきづきやすお》(8)先生の数学演習の時間であった。何日も考えつづけて、むつかしい問題が解けたときのよろこびは、たとえ答のわかっている練習問題であっても、それは純粋に学問的な創造のよろこびに近い。

この両先生の魅力は、堀健夫先生の場合と同じく、みずから情熱を研究にささげているという点にある。その情熱が学生に伝わってくるのである。ときどきは御自身の研究についての話もきく。若い先生というものは、学生にわからせるというよりも、御自身の興味に溺《おぼ》れることもあるものだが、これがまたなまいきな学生にはたまらぬ魅力なのである。

大学三年生になって、身のほども知らず、新量子力学の勉強をやってみようと思いたったのは、新しものずきという、若気のいたりからであった。その時分、新量子力学を理解していた先生は教室には誰もいなかった。ただ二、三の野心的な先輩が独学でそれをやっていたのでその仲間に入れてもらい、いろいろと指示を受けた。田村松平《まつへい》さん(9)とか、今はなき西田外彦《そとひこ》さん(10)などが、この野心的モダンボーイの大将であった。このとき、同じ方面に関心を持つ同級生に、湯川秀樹さんがいたことは大きな力ともなり、大きな刺激にもなった。ときには刺激が強すぎて、いささか閉口したこともあったが。

身のほど知らずのむくいは、たちまちにやってきた。大学入学以来、病気ばかりしていたので、たくさんの試験が受けないままに残っていた。一年生のとき受けるべきものを二年に残し、二年のとき受けるべきものを三年に残し、などしていたが、三年生になると次の年に残すわけにいかないので、試験が山のように積み重なって、登山者の前に立ちはだかる巨大な岩壁のように目の前にたちふさがっていた。その上、量子力学の論文を読んで卒論を作らねばならない。何しろ量子力学はまだ出来たての学問であったので、それについての教科書などはない。原論文だけが唯一の資料である。ところが、論文というものは、教育用に書かれてはいないので、その理解には多くの予備知識を必要とする。そして、予備知識を持つためには、その論文に引用してあるおびただしい論文を一つ一つ読んでいかなければならない。そのおびただしい論文を理解するためには、さらにまたそこに引用してあるたくさんのものを読まねばならない。このようにして、読まねばならない論文の数はほとんど無限にひろがっていく。これは大変な仕事であることが、あとになってわかった。しかし今さらやめるわけにもいかず、全くやけくそのようになって、とにかく、まがりなりにも、何とか卒論をまとめ、試験もどうやらパスしたけれども、その結果見出したものは、全く疲労困憊《ひろうこんぱい》し切った自分自身であった。劣等感《れっとうかん》のかたまりのようになった自分自身であった。

大学は出たけれど

卒業したが、就職口もみつからぬままに、無給副手となって大学に残った。相変らず健康はすぐれず、勉強の方も何をやってよいか暗中模索《あんちゅうもさく》状態が続いた。量子力学はその頃すでに建設が終り、いろいろな方面への応用の時代に入っていた。あらゆる物理への応用が開け、毎月毎月現われる論文の数はおびただしいものであった。これら論文の洪水にまき込まれて、どちらを向いて泳いで行くべきか、ただアップアップする状態であった。

湯川さんは、この洪水の中ですでに自分の進路を発見していたように見えた。すなわち、次に来るものは原子核と場の量子論であるという見通しを、このときすでに立てていたように思われる。そして彼はこの方向に向って、着々と自分のペースで進んで行った。

彼とは同じ部屋をあてがわれていたが、彼は考えごとに熱中しだすと、机をはなれて部屋の中をぐるぐるとまわりはじめる。学問に対するこの傍若無人《ぼうじゃくぶじん》な集中ぶりは（ことわっておくが、傍若無人ということばの元来の意味は、かたわらの人々を無視するような粗暴な行ないをするということではなく、かたわらに人のいることも忘れるほど、何ごとかにうちこむことである、ということを漢文の先生にきいたことがある。ここはもちろんその意味である）たいへんなものであった。しかし、今だから白状するが、このぐるぐるあるきは、かたわらにいた気の弱い人間に対しては、いささかいらいらとした気もちを引きおこさせるので、こういうときには図書室へ居を移すことにしていた。さきほど、いささか刺激が強すぎると書いたのはこのようなことである。

湯川さんのこの勉強の進行ぶりに反して、不健康と無理な試験勉強ですっかり疲労困憊し、はげしい劣等感にとりつかれたものにとっては、そのようなむつかしい分野に進む野心はとても起らない。何かもっとやさしい仕事はないものか、何でもよいからほんのつまらないものたった一つだけでもよいから仕事をし、あとはどこかの田舎で余生を送れたら、などと本気で考えていた。こんな暗い日が三年間ほどつづいたが、こういう状態からぬけ出させてくれたのは、仁科《にしな》先生との出あいであった。

仁科先生との出あい

当時、教室にはただ一人、その論文が外国でも引用されるようなオリジナルな研究をしておられる先生があった。それは分光学の木村正路《まさみち》(11)先生であった。先生の専門は分光学の実験であったが、ちょうどそのころ海外視察に出かけられ、新しい量子力学が怒濤《どとう》のように全世界の学界をゆさぶっている様子を見られ、日本も何とかしなければこの大勢《たいせい》から落伍《らくご》してしまうことを、痛感されたようであった。そのころ、長い間ボーアのもとで量子力学の建設をその目で見、またその事業の一端をみずから担われた仁科芳雄《よしお》先生が日本に帰って来られた。そこで木村先生は仁科先生を京都大学に呼んで、若い連中に対し量子力学の講義をすることを依頼された。

仁科先生の滞在は一ヵ月ほどであったと思う。しかしその短い間に先生のわれわれに与えた印象は、全く強烈であった。その講義は物理的肉づけと哲学的背景をたっぷりもったものであって、今までもやもやとしていたことがらもそれを聞いたとたんに明確になる、といったものであった。それにもまして、講義のあとの論議は忘れられないものであった。

クライン・ニシナの公式についてはわれわれもすでに学んでいた。このように、公式にその名前がつけられているような偉人はどんな人であろうか、と若い学生は考える。しかし一方、そのような世界的学者は、若い学生にとって一種の圧迫感を与えるものである。特に劣等感になやまされていた学生にとって、先生に直接質問をしたり、自分の考えを述べたりするようなことは、思いもよらぬことであった。

しかし、仁科先生は世界的学者ということから連想されるカミソリの刃のような印象からは全く遠い、温い顔つきと、全く四角ばらない話しかたをされるかたであった。その結果、何度かのためらいの後、そして大変な決心の後、講義のあとに質問や、こちらの考えなどを述べてみた。質問しようと思ってみたり、やはりやめておこうと思ってみたり、またそうしながらそんなにえきらない自分をはがゆいと思って見たり、あとから考えると、自分ながら何と愛すべき若者であったことよと思われる。

仁科先生は、このころ理化学研究所に新しい研究室を作る計画を立てておられた。そして理論面での助手として、この京都で会った若者を使って見ようと思われたらしい。東京へ出てこないか、そして自分と仕事をしてみないか、というお手紙がやってきた。しかし、何しろ田舎で余生を送ろうなどと本気で考えていた者にとって、これは全く力にあまる仕事のように思われた。理化学研究所は日本でも有数な学者の巣であって、そこには、天下の駿才《しゅんさい》が雲のように集まっているので、とても自分のようなものがその仲間に入れそうに思われなかった。

それではためしに二、三ヵ月来てごらん、と仁科先生は言われた。二、三ヵ月なら、まあ行ってみようか、と心が少し動いた。三ヵ月たって帰るときに、どうです、ずっとこっちにいませんか、と言われた。けれどもみんなすばらしい人ばかりで、僕なんかとても、ついて行けそうもないのです、と言うと、先生は、なに見かけほどではないよ、大した連中じゃないよ、と言われた。

理化学研究所

理化学研究所で驚いたことは、その全く自由な空気である。先生たちも若いものも、お互いに全然遠慮なく討論するそのありさまである。それからまた東京の連中の頭の回転の早いことである。セミナールはこの遠慮のない、血のめぐりの早い連中の全く形式も儀礼も無視した討論で、生き生きと進んでいく。中でも菊池正士《せいし》[12]さんとか藤岡由夫《よしお》[13]さんとかいう駿才は、無遠慮さにおいてその雄たるものであった。また、この二人の、外遊から帰って来たての何か新鮮なふんいきは大変に印象的であった。

この生き生きとした空気の中で、京都時代の重くるしい気分は、一枚一枚とうす皮をはぐようにとれて行った。健康もよくなった。研究所には、よく学びよく遊ぶ連中が大ぜいいて、アルコールの味や、寄席《よせ》の妙味、ハイキングその他、演劇や音楽を鑑賞する楽しみ、そんな一般教養を京都出の田舎者につぎこんでくれる有難い先生がたには事欠かなかった。中でも竹内柾《まさ》[14]くんという、ちゃきちゃきの江戸ッ子は、研究室にぽっかり現われた珍しい上方人種に江戸的教養を授けるのに特に熱心であった。

仁科先生のお手つだいをするこの機会がなかったら、おそらく、予定コースどおり田舎で余生を送ることになっていたかもしれない。湯川さんのように早くから自分の進むべき路を見出すことができず、あれこれと迷っていた者にとって、それは決定的な機会であったと思われる。学問の上だけではなく、先生にはずいぶんと個人的に甘えたこともある。ドイツのハイゼンベルク(15)の所に留学したとき、仕事の行きづまりを感じ、外国生活の心もとなさも伴って、いささか絶望的な気もちになったとき、先生からいただいた手紙のことは忘れられない。ここで、そのときのつたない日記を引っぱり出して、そのときの気もちを再現してみたい。

一九三八年十一月二十二日　仕事の行きづまりをうったえて、少しばかり泣きごとを仁科先生に書いたのに、先生から朝がたに返事がきた。センチだけれどもよんでなみだが出てきた。いわく、業績があがると否とは運です。先が見えない岐路に立っているのが吾々です。それが先へ行って大きな差ができたところで、あまり気にする必要はないと思います。またそのうちに運が向いてくれれば当ることもあるでしょう。小生はいつでもそんな気で当てに出来ないことを当てにして日を過しています。ともかく気を長くして健康に注意して、せいぜい運がやって来るように努力するよりほかはありません。うんぬん。これをよんで涙が出たのである。学校へ行く路でも、この文句を思い出すごとに涙が出たのである。

——滞独日記より——

仁科先生のことはまだまだ書くことが山のようにあってきりがない。そのほか、理化学研究所の古き良き時代におけるわが師・わが友の物がたりは、もっと文才とひまがあれば、めんめんと書いてみたい気がする。しかし、これですでに与えられた紙数の倍近くも書いてしまった。また、読みかえしてみると、わが師・わが友を語ると称して、実はおのれを語りすぎ、どうも恥かしいことになった。だからこのあたりで筆をおく方が無難であるように思われる。

（一九六二年　五六歳）

思い出ばなし

東京へ出てきた日は雨がしとしとと降っていた。いつもの悪いくせで感冒《かんぼう》後の微熱がとれず上京の日がおくれて、やってきたのは五月のはじめ頃であった。まだ熱はとれ切れなかったが、どうやら無事に東京へやってきた。知人の紹介で理化学研究所の近くの「旅館御下宿平和館」というところで下宿住いをすることになっていたが、門を入ると、玄関の前に大きなさるすべりの木があって、梢《こずえ》からは風がふくたびにパラパラと雨のしずくがおちていた。そのわきには鳥小屋があって、金網の中では、うすら寒い雨にしめった支那鳩《しなばと》が二、三羽とまり木に身をよせて丸くなっていた。

これからのわがすみか、六畳の小部屋はガランとして殺風景であった。窓の下の路はあちこち水たまりになって、夕方の光をにぶく反射して居り、玄関の方からはゴロポーゴロポーという鳩の平和な声がときどき聞こえてきた。

あくる日も雨であった。熱をはかるとまだ七度二、三分ある。しかし午後は雨もこやみになったので、あれこれと買物をするために上野に出かけた。松坂屋で机や書棚を買い、そのあと公園に入って西郷さんの高台から東京の町を見おろしたときこれから何か新しい生活がはじまるかもしれないのだという感慨が急におこってきた。

研究所の仁科研究室はまだできたてであったので、仁科先生の居室と、中はまだがらんどうの実験室一つだけが決まった部屋で、あとは暫定《ざんてい》的なかり住いであった。あてがわれたのは雑誌のバックナンバーや紙型をしまっておく倉庫の一角で、そこに一人で閉じこもることになった。ひる間でもときどき鼠《ねずみ》があらわれて、黒い丸い目で不思議そうに妙な新参者をながめている。そんなところで仁科先生からあてがわれた仕事を始めることになった。

先生は毎日一度はこの奇妙な部屋に現われて、どうなりましたか、と仕事の進みぐあいを聞いて行かれる。そして事こまかに指示、注意を与えて帰って行かれる。ときには、土地が変って病気したりするといけないから気をつけなさいよ、などといわれたりする。

まだ誰も友だちができないので一人ぼっちの感じであった。もともと人みしりのくせがあったので、こちらから友だちを求める勇気もなかった。ひるの食事もこの部屋で一人配給のコッペパンですませた。帰るときパンの残りを机の下に置いておくと、夜の間に例の鼠がきれいにかたづけてくれた。

夕方下宿に帰り晩めしをすますと、あとはすることがないので、よくぶらぶらと町を散歩した。五月から六月になり、そろそろ夏が近くなると、夜の町には蚊やりのにおいがただよい、店からのぞかれる家々の中で、子供たちが夕飯をたべ、おやじさんが裸で晩しゃくをやっていたり、母おやが赤ん坊をねかしつけていたり、そんな光景が見えた。日曜日には、天気のよいときは郊外散歩に出かけたり文庫本を買って近所のお寺の墓地の石にこしかけてそれを読んだり、また、町の空地で人たちが草野球をしているのを見ていたり、そして見ている人々をこっそり写生してみたり、そんなことをしているうちに仕事の方も少しずつ進んでいった。

こんなぐあいで試験期間の三ヵ月がすぎて、いよいよ正式に研究所に就職するかどうかを決めるときがきた。とても東京の連中にはついて行けないような気が相変らずしている。仁科先生は、そんなこと君なら大丈夫だ、といわれるけれど、そんなに信頼されればされるだけ、それを裏切るようなことがあってはならないように思われる。そこで、とにかく一応京都に帰ってゆっくり考えさせて下さい、と先生にいうと、先生はこころよくそれを諒承《りょうしょう》して下さった。

しかし、実はそのとき、かなりはっきりと決心はついていたように思われる。その証拠には机も書棚も夜具ふとんも、御下宿平和館に置いたまま、部屋も解約しないままで帰洛《きらく》したのである。

*

夏休みのあいだにいよいよ正式就職の決心をつけて、九月にはまた「御下宿平和館」にもどってきた。初任給六十円、それで下宿代そのほかの費用を差引いてじゅうぶん余るという結構な身分になった。神田の学生街で型の如くセザンヌやゴッホの複製を買ったり、露店で観葉植物をもとめたりして、まず平和館の小部屋を少しは人間のすみからしくととのえ、またワイシャツやネクタイなども一応とりそろえて、人なみのおしゃれもすることにした。

理化学研究所はその名のように物理と化学の研究が中心になっている。その中で、物理部門は金を使う一方であるが、化学部門ではビタミンの発見で有名な鈴木梅太郎《うめたろう》先生(1)をはじめとし、いろいろな薬品の発明などで収入の方に一役買っていた。また薬品のほかに合成酒の発明なども化学部門から出ていて、地下室の倉庫にいくと、実験用のガラス製品、試薬類、文房具などのほかに、ビタミン剤や合成酒なども売っていた。そこで勉強につかれるとビタミンを買ってのんだりする一方、合成ウイスキーを買ってきて、こっそり机の中にしのばせておいたりすることをおぼえた。このくせは教育大の学長になってもぬけず、学長室の戸棚の中には、いつも同様の、ただし合成などではない本物の品物が鎮座《ちんざ》ましましていたものである。

そのうちに仁科研究室もだんだんに充実してきて、実験室には宇宙線研究用の装置などがととのってきた。ガイガー計数管(2)を宇宙線が通るたびに、サイラトロンという真空管が青く光って、記録装置がポツリ、ポツリと下手なタイプを打つときのような音をたてていた。

こんな装置は今からみると全くおもちゃのようなものであったが、それでも当時は日本のどこにもない最先端のものであった。そして京都の連中などが時たま研究所をおとずれると、門前の小僧よろしく、聞きおぼえの実験的知識の受売りをして得意になったりした。そのありさまは、丁度《ちょうど》自分のうちの最新式のおもちゃを得意になって友だちに見せている子供そっくりであった。

研究室が充実するにつれて人員も増えてきた。一年後には理論の方にも、先ず京都大学から今は名大教授の坂田昌一《しょういち》くんがやってきた。彼は一年だけの滞在であったが、その次の年からは小林稔《みのる》(3)くん（いま京大教授）、玉木英彦《ひでひこ》(4)くん（東大教授）が正式に入室した。小林くんは平和館に居をかまえたので、彼とは朝から晩までのつき合いであった。晩めしを下宿ですませたあと、また研究室に出かけて一しょに夜なかまで勉強したり、日曜日には一しょにハイキングに出かけたり、寄席のつき合いをしたり、一しょに飲んで肩くんで町をあるいたり、またあまりいつも一しょに居るので、時にはお互い顔を見るのもいやになって、つまらないことでケンカをしたり、そうかと思うと一人が何かの用でどこかへ行ったりすると、さびしくてしかたがなかったり、思えば若い者同志の友達づきあいの心理というものは誠に妙なものである。

*

仁科研究室ができた昭和六年から七、八年にかけて、原子核物理では次々といろいろな重要な発見があった。陽電子とか、中性子とかいう新しい素粒子がみつかったり、粒子加速装置を使って原子核破壊をする実験がはじめて成功したりした。また、今まで雲をつかむようだった宇宙線の本体も、次から次へと見つかった珍らしい現象から急に明らかになってきた。

こういう情報が欧州からアメリカから伝わってくるたびに、理化学研究所のゼミナールの空気は一種熱っぽくわきたった。実験の連中は、何とかして日本でも加速装置を作り原子核を破壊してみようと考え、理論の連中は、新しい素粒子の性質を理論的に解明しようと大いに研究意欲をもやした。

ゼミナールでは、核破壊の論文の出ている「ロンドン王立協会議事録」を前に皆が顔をつき合わせて、その装置がどんなものであるか、いろいろ検討をはじめた。しかしこの記録だけではよくわからない。何時間も何時間も、ああでもない、こうでもない、と論じ合うありさまは「原子核物理学ことはじめ」とでもいったような光景であった。

陽電子という粒子は宇宙線が物質を通るときに作られるものである。これに類する粒子の存在はイギリスの天才的理論物理学者ディラックが予言していたことであったが、陽電子すなわちディラック粒子であるかどうかということはディラックの理論を使って粒子発生の頻度を計算し、それが実験と合うかどうかをあたって見なければ窮極《きゅうきょく》的には結論できないことである。そこで仁科先生はこの計算をやろうではないかと指示された。

この計算は相当手ごわいものであって、どこから手をつけてよいかわからないような難問であった。何度も仁科先生と討論して、一応のプログラムを立てては見たが、果してうまくいくか一向自信はなかった。そうこうするうちに昭和八年の夏休みに入った。しかし外国でもこの計算をやっている者が居るかもしれないので、先を越されないために、夏休みを返上してがんばることになった。

それにしても東京の夏は暑すぎる。仁科先生は御殿場《ごてんば》の東山荘《とうざんそう》というＹＭＣＡのホステルに目をつけられ、丁度研究室にきていた坂田昌一くんも加えた三人でそこに合宿して、この仕事に取っくむことになった。

東山荘は乙女《おとめ》峠のふもとにあって、一種の大きな山小屋とでもいった方がよいようなところである。暗く繁《しげ》った檜林《ひのきばやし》をぬけると、急にあかつめ草(5)などの生えた少しあかるい草地へ出る。

そこには大きなサイカチ(6)の古木があって、その向うに明るい芝生がみえる。これが東山荘の前庭である。部屋に案内されると、窓の網戸を通して、よくしげった檜林、その黒っぽい木だちをすかして向うの草山の新鮮な緑の光が見え、鶯《うぐいす》の声がしきりにきこえてくる。そんなところである。到着したのは夕方であったが、一休みしているうちに夕食の合図がなる。食堂へ出ていくと芝生で遊んでいた男女の若い連中もぞろぞろ集まってくる。お互いに自己紹介などしているうちに電灯がついて、食堂は急に花やかな空気になってくる。坂田くんは四、五日おくれてやってくるので、食後ひとりだけで芝生に出てみると、サイカチの向うには、うす白い光がみなぎっていたが、それは貯水池であって、その堤《つつみ》からうしろ山にかけて雲がひくくたれているのが見え、風が渡ってきて寒いくらいであった。

部屋に帰って夕やみの中で荷物を整理し、いよいよあしたから仕事に取かかる大切な商売道具、計算用紙や鉛筆などを机にならべ終って、おりたたみ式のズックのベッドにころがってしばらくじっと天井をながめていると、何の音もきこえない窓外から網戸を通してひんやりとした夜気が流れ込んでくる。裸電灯のあかりをつけると、部屋の中に大きく影法師《かげぼうし》が動いてあかるくなり、しばらくすると網戸の外にたくさんの蛾《が》が羽ばたきしてぶつかってくる。こんなところがこれから一仕事をするわが山小屋の一室である。

一応のプログラムは立てておいたものの、始めのうちは一向にうまくいきそうになかった。あの手この手とやっては行きづまり、とてもだめだと思うことも何度かあった。そうして、何日か無駄な日を過したあとのある日、計算式の中に、省略しても大して答えにひびかない項のあることに気がついた。そこで、こういう項を一応ないものと考えてやればうまくいくのではないかという気がした。この考えを仁科先生に話すと、先生は、それはいい考えだ、是非その方法で計算を進めてみるように、と励まして下さった。

＊

一応計算の方法がきまってみると、そのやりかたで仕事を進めるには持って来た参考書は全く役にたたないことがわかった。そこで一度東京に帰って、必要な本をリュック一ぱいかつぎ込んで来た。今でもおぼえていることは、その本の重かったこと、駅の階段のシンドかったことである。

これらの本と首っぴきで毎日毎日計算を続けた。数式は、始め手のつけられないような複雑なものであったが、予想した通り一つ一つ不思議なくらいきれいな、そして簡単な形にまとまっていく。何ともいえず快調である。

この御殿場の山荘での仕事は、夏休みの終るころには、一応のメドを立てるところまで進んだ。ここまでくれば、あとは、まあ、順調に進むという段階までこぎつけることができた。そこで計算の結果を持って九月には東京へ戻ってきたが、そのときのなんともいえない満足感、あんなに困難にみえた仕事が、自分のようなものでもやれたのだ、という自信感、これは生まれて始めての経験であった。

東山荘では仕事も楽しかったが、そのあいまあいまの生活も、今までに経験したこともない楽しみにみちたものであった。毎朝四時頃には、ヒグラシが一せいになき、それにつづいて鶯が歌い、その声で目をさまして窓をあけると、朝の爽快《そうかい》な空気がサッとばかり流れ込んでくる。

そこで、ひと思いに起床して、ひとり散歩に出かける。廊下には、まだねぼけたように鈍《にぶ》い電灯がついていて、そこには無数の蛾が死んだように動かず眠りつづけている。外はうす暗くて、朝もやの中から貯水池だけが白っぽく光ってみえる。そんなところを通りすぎて、時には朝食前に乙女峠まで足をのばすこともあった。朝もやの上限をすぎると、急に、おりから出たての朝日をあびて鮮かな色を呈している赤富士が、目ざめるばかり晴れわたった青ぞらの中にくっきりと浮び出て、その中腹には丁度土星の輪のように、白い雲がからんでいて、山はだにじっとその影を投げかけている。そんな光景の見られることもまれではなかった。

また、午後の休み時間には、芝生で若い連中とクロッケーという遊びをしたり、下手なソフトボールの試合をやったり、夕食後は中学生、女学生たちを集めてお正月のようにたわいもないゲーム遊びをしたりした。日曜日には、食べものをしこたま用意して、ちかくの山や谷にピクニックに出かけたりしたが、こんなとき、女性の加わるということが如何《いか》に空気を花やいだものにするか、男女非共学時代の悲しさ、そのとき始めて経験したものである。

御殿場から持って帰ってきた満足感や自信感は、しかしながら長つづきはしなかった。外国でも同じことをやっている人たちのいることがだんだんにわかってきた。しかも、こちらが仕事をしあげる前に、それらの論文が次々と発表されてしまった。それだけならまだよいが、その論文の完ぺきさ、われわれの仕事よりはるかに巧妙《こうみよう》に、かつ、てってい的にやってあるではないか。

　こうなってみると、あれしきの成果に得意になっていた自分のつまらなさが骨身にしみて感じられる。自分のような非力のものが、いくら精根《せいこん》をかたむけて何かやってみても、結局それぐらいのことは、もっとえらい学者がどこかでやってしまうのだ。そうなってみると、自分の存在に一体、何の意味があるのであろう。自分のようなものはいてもいなくても、学問の進歩に何の影響も与えないのではないか。

　けれども、こんなことをいっていても始まらないので、なかば気もちをまぎらすつもりもあって、意味があろうがなかろうが、とにかく関連のある仕事を馬車馬《ばしやうま》のように続けることにした。しかし、それらも一応結果がでる度毎に、外国で同様の仕事が発表され、いつもいつも後手になる。こんなことを一年間ほどつづけたあげく、見出したものは再び完全に疲労困憊した自分であった。

＊

御殿場へもう一度行ってみよう、今度は仕事など一切しないで、朝から晩まで遊んで暮そう。そうすればまた元気が出るかもしれない。そんな気もちで次の夏も東山荘へ出かけてみた。しかし仕事がなければないで心は滅入《めい》るばかり、うわべは楽しそうにしていたけれど、自分はつまらない無用者なのだ、自分のようなものが大それた学問などやろうと思ったのは結局やっぱりまちがいだった、といった想念がいつも心の底にこびりついている。そんなとき、東山荘の朝の礼拝から聞こえてくる讃美歌の甘美な声に意味もなく涙ぐんでみたり、そうかと思うと、その礼拝の蜜豆《みつまめ》のような甘いだけのムードに反発を感じてみたり、そしてあたりの自然がみずみずしく美しければ美しいで、物理学的自然などという灰色の世界をいじくりまわすことの何と空虚なわざであることよ、などと言いたくなってきたりする。しかしそれと同時にこんなことを言う自分が、イソップの「すっぱい葡萄《ぶどう》」に登場する狐《きつね》のようにひねくれた人間に見えてきたりする。

昭和十年ごろから理化学研究所のようすが少しずつ変ってきた。いろいろな発見から物理学が原子の世界から原子核の世界に入りこんできて、研究所でもそれに応じた再編成が必要となりつつあった。物理学の中心はそれまで分光学とかX線の研究にあって、研究所でもこの課題にとりくむ研究室が多かったが、それらの研究室の中からも原子核物理の方に転向を望む声が出てきた。そういうわけで、研究室体制をある程度修正する必要が起ってきた。

原子核物理の研究には今までにない大がかりな装置と人員とが必要になってくる。つまり、それまでの研究室体制ではあまりにも単位が小さすぎるという実状が現われてきたのである。そういうわけでいくつかの研究室が共同して大がかりな研究を進める方針がだんだんにとられるようになってきた。

このように研究単位がだんだん大きなものに総合される一方、専門的には逆に分化の現象が起ってきた。実験装置が大きくなってくると、それを作るにも運転するにも、実験家は全力をそそがなければならなくなる。また理論の方もその分野でしなければならない仕事が山のようにでてきて、到底《とうてい》他のことを考える暇がなくなってくる。

こういうわけで、それまでは理論家と実験家と、またいろいろちがった専門の人が一しょになってやってきたゼミナールも、それぞれ専門別に開かれるようになってきた。

今までのゼミナールには色んな人がやってきた。東大からは小谷正雄《こたにまさお》くん[7]（現東大理学部教授）、犬井鉄郎《いぬいてつろう》くん[8]（東大工学部教授）、永宮健夫《ながみやたけお》くん[9]（現阪大教授）たちが常連であって、これらの連中からはいわゆる物性論[10]の話がきけた。しかしゼミナールが専門的に分化するようになってからは、これらの人たちの話はきけなくなってしまった。それはある意味でさびしいことであったが、やむをえないことでもあった。

原子核物理の大装置を作る仕事は当時としては大変なことであった。何しろ日本のひくい工業水準では、設計から強度試験まで殆《ほと》んど自分でやってみなければならない時代である。金あつめ、メーカーとの交渉、これも大変な仕事である。そして、こういう仕事に仁科先生はそのエネルギーの大きな部分を使わねばならぬわけであるので、おのずから前のように細かい指導をわれわれに与えることができなくなった。仁科先生は弟子たちを理論、原子核実験、宇宙線実験の三つのグループにわけ、みずからはもっぱら実験グループの陣頭指揮にたち、理論の方は朝永くんにまかせる、ということになってしまった。

こうなってくると、もはや自分は無用者なのかどうか、などとハムレットみたいなせりふを言っているわけにはいかない。有用であろうが無用であろうが、また、空虚感があろうがなかろうが、研究室みんなの車が動き出したのに自分の車だけまごまごしているわけにはいかない。

＊

お前は物理が心から好きなのだろうという質問をよく受ける。考えてみると、大学を出てから三十年以上も物理で飯を食ってきたわけだから、きらいだったとは言えないかもしれない。しかし、寝食を忘れてそれにぼっとうしたとか、研究に一生の情熱をささげたとかいった、えらい学者を形容するおきまりの文句はおよそ使えないように思われる。

たしかに、仕事が快調に進んだときは、ある程度夢中になったこともある。しかし、そんなことは十に一つ、あと九つは途中でいやになったり、何の因果《いんが》でこんな商売をやらねばならないかと思ってみたり、今までの三十年というもの結局こんな状態のくりかえしである。仕事が予想通り行ったときはうれしかったものだが、大部分は予想はずれで、幻滅《げんめつ》の悲哀《ひあい》をなめるばかり、それが習い性となって、何をやるときも熱っぽいうちこみ方などできるものではない。

仕事がうまくいったときのよろこびも、考えてみれば、純粋な真理追求のよろこびではなかったようだ。そこには功名心という雑念が入っている。また、本当に学問自身にうち込んで、真理自体を知ることに幸福を見出すのなら、誰のやった発見でも、それを学ぶことに無上のよろこびを感じるはずである。ところが実際はそうなっていない。今だから白状するが、湯川理論(11)ができたときには、してやられたな、という感情をおさえることができなかったし、その成功に一種の羨望《せんぼう》の念を禁じ得なかったことも正直のところ事実である。

ほんとうのえらい学者はこんな雑念になやまされることはないはずだ。それにくらべて、まるで邪念妄想《じゃねんもうそう》のかたまりのような自分の何とつまらない者であることよ、こんなことをくりかえしくりかえし考えたものである。

だんだん年をとってくると、修養をつんだとでもいえるのであろうか、このような雑念は次第に起らなくなってきた。しかし、悲しいことに、それと同時に、研究に対するファイトも、とみに弱くなってきた。だとすると、これは修養の結果ではなく、ホルモン減少の現われであるのかもしれない。人間の円熟などということは、万事につけ、こんなことかもしれない。さびしいことである。

さて、仁科研究室もだんだん大きくなると古き良き時代も少しずつごたごたしてくる。人間関係も複雑になり、研究室の中に不平不満の空気がただようこともあった。「原子核物理ことはじめ」の時期には、いろいろ困難があっても、夜がしらじらとあけはじめるあけぼのの楽しさがあった。それから小さいサイクロトロンという機械をみんなで作り上げ、それが運転しだしたとき、みんなは将来への期待に胸をふくらませた。しかし仁科先生の野心はこれでおさまらず、もっと大きい、当時にしては世界最大の機械を新しく作る計画ができた。この仕事は困難を極め、実験の連中の苦労はなみたいていのものではなかった。あとでわかったことだが、この機械の設計には重大な誤りがあったのだ。しかしそれがわかるまで、実験の連中がいくら努力してもうまくいかない。さすがの仁科先生もいくらかあせりがあったようで、それが実験の連中に微妙に反映し、こんな困難な仕事に時間をつぶし、何の成果もあがらぬより、もっと容易な道で研究を進める方が賢明ではないかという意見の者も出てくる。こんな考えで仁科先生のもとから離れていった者も、二、三人はいた。

理論の方にはこんな問題はなかったが、それでも不平がなかったわけではなかった。それは、何か仕事をしあげて論文にまとめても、仁科先生はそれを手もとにおいたままいつまでも出版しないことである。こんなことで外国の学者にプライオリティーをとられてしまったことも二、三回にとどまらなかった。そんなわけで時々は仁科先生に反抗してみたり、以前のように先生一辺倒ではなくなってきた。しかしそれでも先生の魅力はまた別の話で、よく反抗期とか精神的離乳期とかいわれるが、そういう時期の子供のように、先生に対する甘えと反抗心の奇妙な交錯《こうさく》の時期であった。思えば仁科先生からの精神的離乳期であった。

＊

量子力学の発展に大きな役わりを果した何人かの物理学者のなかにディラックというイギリスの学者がいたことは前にちょっと触れたが、このディラックは自分の仕事を総括《そうかつ》して昭和五年ごろ非常に独創的な本を書き、そしてそれの第二版が昭和九年にあらわれた。

このことは、そのころ量子力学を学ぼうとする学生たちにとって大きな福音《ふくいん》であった。というのは、この本は第一版の独創性に加えてきわめて教育的に書かれており、一方ではディラックの人そのものと言えるほど個性的なものでありながら、学生にじゅうぶんかたよらない基礎的概念を与えるだけの一般性を持った理想的な教科書であったのである。そこで仁科先生は日本の学生のためにこの本を日本語に訳そうと考えられ、そしてその仕事のために仁科研究室の理論のグループが動員されることになった。

この日本語訳の作業は昭和十年の夏にはじまった。そして、二年前に御殿場でやったような合宿生活を、今度は北軽井沢でやることになった。総監督の仁科先生は御家族と共にやや大きな貸別荘[12]に、そして理論グループの玉木、小林、朝永ら若い方の三人は小さなバンガロウに住み、共同してこの仕事をはじめることになった。

はじめてみると、このことは思いもかけぬ重労働であることがわかった。英語を日本語になおすのは、ただ横のものを縦にするようにはいかない。ラフカディオ・ハーンであったか、日本人は upside down, inside out に物を考えると言ったとか、英語を文章構造の全くちがう日本語に、厳密に意味を変えずに、しかも外国語くさくない日本語になおすことは、非常に頭をつかう仕事であった。その上、人には各自文体について好ききらいがあり、一人がよいと思う文体が他の者には受け入れられず、なかなか意見の一致は得られない。下訳《したやく》を若い三人でやって、それに仁科御大《おんたい》が手を入れることになっていたが、この下訳の段階で毎日口げんかが絶えない。それやこれやで疲労がつのると、さ細な意見のちがいも争いのたねになる。しかもこの年の夏は雨つづきで、山の中の小さな小屋に一日じゅう閉じこめられていては、いいかげん三人ともむしゃくしゃし、悪口のやりとりと反目、そんなことが絶えなかった。

しかし一つの章が終ったあくる日と日曜日には仕事を休むことにして、食堂兼喫茶店、売店、浴場、娯楽室《ごらく》などのあるサービスセンターへ行って、ピンポンをしたり、風呂に入ってくつろいだり、またうまく好天気にぶつかると、近くの山や牧場にハイキングをしたりする。そうすると美しい緑の木々や、すがすがしい涼風《りょうふう》によってすっかり疲れはぬぐわれ、むしゃくしゃも消え去って、三人とも機げんをなおして仕事を続けることができた。今でも思い出すのは、ある晴れた日に、売店でブドウ酒を買い込みさかなを用意して、山の中腹の見はらし台と言われるところにのぼり、あたりの鳥声をききながらびんをあけて三人でブドウ酒をのみかわし、夕がた西の方アサマの裾野《すその》と四阿山《あずまや》(13)の裾野とが接するはるかかなた、鳥居峠《とりい》(14)のあたりに夕日があかあかと沈《しず》むのを飽《あ》かずながめていたことである。またこの夏のアサマは大活動期に入っていて、何日かおきに大きな爆発をくりかえし、大音とともに噴煙《ふんえん》がそら高くふき上り、カリフラワーの形にもくもくと上るそのてっぺんから下に向って、稲づまがつき走る、そのすさまじい光景も忘れることができない。

このようにして合宿生活も無事に終り、今でも学生必読の書となっている「ディラック量子力学」という翻訳書が世に出ることになったのはその翌年、すなわち昭和十一年のことであった。

＊

前に仁科先生からの離乳ということを言ったが、それを決定的にしたのはヨーロッパへ留学する機会が出てきたことである。昭和六、七年ごろドイツのライプチヒ大学と京都大学との間には互いに留学生を交換するという制度が作られていた。このライプチヒ大学にはマトリックス力学の発見者であるハイゼンベルクという天才的学者がいて、そこには量子力学を研究する世界じゅうの若い学者が集まっていた。わが教育大におられた藤岡先生も昭和のはじめごろそこに留学され、また仁科研究室におられ後に北大教授になられた梅田魁《かい》(15)先生も昭和七年から八年にかけてそこに居られ、そのときライプチヒ大学と理化学研究所の間にも若い学者を交換しようという話が具体化した。そこで理研のがわでは朝永を第一回の候補者としてドイツがわに推せんしようということになった。

そういうわけで昭和十二年にはるばるとヨーロッパに向って旅立つことになったのである。ライプチヒ大学には日本学という学科があって、日本の文化に興味を持っている学生が何人かいた。そういう連中と日本人留学生とが一しょに生活することが相互理解を深める役に立つというので「日独学生ハイム」という寮があった。そういうわけで、ライプチヒでの生活はこの寮ですることになったが、ここでの生活経験は今思い出しても興味深いものがある。

ドイツの学生生活というものは一種独特の味のあるものだが、何しろ日本文化に興味を持つといった連中のことだから、通例のドイツ人学生とはまたちがった気風があり、ドイツ流のギコチないアカデミズムを馬鹿にしたような、またドイツ人にありがちな肩ひじ張った議論のやぼったさがおかしくてたまらぬといったようなヘソまがり、その代りいつまでたってもドクトル論文ができないといったような、そんな愛すべき非秀才たちがこの寮に集まっていた。そういう連中と二年ばかり一しょに暮すことになった。またこのハイムには寮母のヘルメッケという小母《おば》さんがいて、学生たちの世話をしていたが、実に善良な女性であって、この小母さんのまわりにはいつもホンワカとした空気がただよっていた。

海外留学というものは専門の勉強もさることながら、いろいろ得るところの多いものである。一つは専門の異《ことな》った留学生同士の接触によって、今のことばでいう一般教養を身につけることができること、もう一つは外人とのつきあいで人種や国籍を越えた相互理解の得られることである。特に学生ハイムといったところでこれらの友人たちと起居を共にするときこの効果は倍増する。

こんなわけで、ドイツの若い学生たちと、われわれ留学生の間にも一種の淡々とした、しかし味わい深い友情が生れてくる。特に、ナチ政権下でドイツの学生たちのもっているいろいろな悩みが、彼らは口に出してこそ言わないけれども、われわれに何となしに通じてくる。彼らが日本学などを専攻にしたのも、何とかして、彼らからみて異質の文化の中に一つの救いを見出そうとしたからであったように思われる。当時日本もだんだんに暗い路をたどりつつあったわけで、彼らのこんな心境も、何となしにわれわれにもひびいてくるのである。

あとで知ったことであるが、このときの仲間たちの殆《ほと》んど全部は第二次大戦で戦没してしまった。一しょに東西文化とか、哲学、芸術などについて論じたり、詩の朗読をしたり、タキシードなどでメカシ込んでパーティーに出かけたり、またビールを飲み合ったり、旅行をしたりした彼らはいま殆んど一人も生きていないのである。

さて、そこでこれからその二年間の思い出ばなしになるわけだが、昨年学長をやめてやれやれと思い一いき入れた幸福な時間もたった半年でだめになり、今度は学術会議会長(16)という世界一うるさく面倒な仕事をおっつけられてしまった。何とも世の中は思うようにいかないものである。

（一九六三年　五七歳）

御旅館
平和館

物理と哲学と政治

方法論と物理的イメージ

物理をやるのに数学をうんとやらねばいけないでしょうとよくきかれる。もちろん数学はみっちりやらねばいけない。たくさんやればやるほどいい。しかし一人の人間の能力には限りがあるから、あまりやりすぎては物理が数学に食われてしまう。私自身のすききらいの話で恐縮だが、私は数学自体はあまりすきではない。数学は物理の道具であって目的ではないと思っている。

道具にすぎないなどと思うと勉強に身がはいらないかもしれない。だからこういうことをあまり若い学生にいうのは教育的でない。しかし学生諸君を子供にたとえては失礼だが、子供が役に立つとか立たないとか考えないで、遊びの間にいろんなことを学んでいくように、若い学生たちも、結構道具自身に適当な興味を感じて勉強していくものである。目的をはなれて道具自体に興味を感ずるのは人間の本性であるらしい。

しかしこの道具道楽を本性にまかせて反省なしにこりだすと邪道《じゃどう》におちいる。物理をやるのに数学と同様に大切なのは物理的なイメージをもつことである。数学にこりすぎると、この物理的イメージが数式の洪水の中で溺《おぼ》れ死んでしまう。この両方のものはなかなか両立してくれないので困るのである。

物理をやるのに哲学をやらねばいけないですかということも時々きかれる。しかし私にはこの質問に答える能力がなさそうである。というのは哲学というものは私にとってははなはだにが手で、どうしても歯がたたない。そう思っていると、たまにではあるが、あなたのいったり書いたりしていることは結構哲学的ですなどといわれる。自分自身哲学的能力はないと思っているのに、こういわれるところをみると、哲学ということばの意味が人によって大いにちがうものらしい。そうなると、話がめんどうになって、質問に答えるのも容易でない。

そこで哲学ということばを余りむつかしく考えずに、物理学をやって行く時の指導原理という程度に考えるなら、哲学は大いに必要だということになる。悪口をいうようで申しわけないが、日本の、それにはもちろん私自身も含めて、今までの物理学者の行き方をみると、余りにこの原理がなさすぎたようである。欧米で何か面白いことがあると、それに皆がとりついていく。もう少しちゃんとした目的と方法をもっている方がよい。こういう点を武谷《たけたに》君(1)などがやかましくいったので、近ごろはみんなのやり方が大いに方法論的になってきた。これは大きな進歩である。欧米の流れに浮草のように流されていることをやめて、物理学の歴史的な大きな流れ自身を分析して、その方向をつきとめ、そしてそれをさらに推し進めるように努力するというやり方である。

しかし、ここでまた方法論道楽におちいらないように注意したい。数学に熱心になりすぎて、そこで止ってしまって物理まで手が及ばなくなっては困るのと同じことがここでもいえる。

現場で物理を作るものにとって、この意味の方法論の上に、さらに職人的な方法論を具体化するための方法論が必要である。こっちの方は、哲学などとむつかしくとなえるわけにもいかないようなあいまいなものだが、それでなかなか大切なものである。

そういう点になると、ハイゼンベルク先生などはあらゆる意味でよく調和のとれた人のようである。この人の中には、数学と物理的イメージとがほどよく調和して、しかも最高度にそなわっている。その論文をみると、物理的イメージが非常に豊かで、数学は最小限度にしかつかわれていない。それでいて必要となると、高等な数学を自由につかいこなす。ああいうまねはなかなかできない。ハイゼンベルク先生はまた方法論にも大いに関心をもっていて、物理の大きな流れをよく見通している学者である。しかもその方法論をよく仕事の上に具体化するこつも心得ていて、たくさんの指導的な仕事をしている。

現場で仕事をおしすすめるときにつかう手段とか考え方とかは、どうも各人が優れた先人の仕事のあとをみて自分自身で会得《えとく》するより仕方がないように思われる。物理学のような客観的なものでも、個性が大いに物をいうのはこういうところにある。各人は各人の方法をもっている。そしてそのどれもがどこかで有効さを発揮《はっき》する。物理学というものは大きな流れの中にも細かくみると極めて多面的な変化があるので、どういう個性の学者でも打ちこんでおればどこかで一度は自分に適した面にぶつかるものである。こういうことが先人の仕事をみるといえそうに思う。

現在、素粒子論は行詰って、何か飛躍《ひやく》が必要であるといわれている。私も全く同感である。数年前までは、私も飛躍の必要をみとめながらも、まだまだその前にやるべきことがあるという気がしていた。しかし今は百尺竿頭《ひやくしやくかんとう》まで来てしまった。あとの一歩は私のように連続的な歩みしかできない人間には進めそうもない。そこで誰かが飛躍してくれるのを待っている。

しかし飛躍といっても奇想天外のようなのは本物ではないようである。本物はコロンブスの卵のようなものであろう。合理的なものはすべてよくみると当り前な場合が多い。

アメリカとドイツ

ところで、今度アメリカへ行ったときの感じと、昔ドイツへ行ったときの感じとどうちがいますかという質問をこのごろよく受ける。感じのちがいならはっきりと、昔のドイツの方が今のアメリカよりのんびりした感じだったと答えられる。しかし、これは受入れる私の年齢もちがうし、時代もちがうし、従ってドイツとアメリカとの客観的なちがいとはいい切れないかもしれない。一口にいうと、アメリカはヨーロッパより忙《いそが》しすぎるという感じだが、こういうのは私だけの感想でもないらしいので、多少客観性もあるかもしれない。

私は有名な不精《ぶしょう》もので、忙しすぎるのは閉口なのだけれど、好むと好まざるとにかかわらず、学問のあり方がアメリカ的になるのはやむを得ないのかもしれない。ヨーロッパからアメリカに来ている学者の中にも、アメリカのこの風土にすっかり同化している人もあるし、またそうでなく、それに対して批判的の人もあるようである。

それではアメリカに行って何を学んで来るべきかという問題を出される。むつかしく考えたらほんとにむつかしい問題だが、私の考えでは、あまりかたくるしくならないで、とにかく質のちがったものを経験してくるのはよいことだと答えよう。せまい島国の日本にだけいると、その中でやっているやり方だけが全部みたいなような気がしてくる。いくら本をよんでも話をきいても、もともと概念になかったことは理解がむつかしい。書いてあることをいつのまにか自分の持ちあわせの概念にあてはめてのみこんでしまう。

日本の昔の留学生制度は非常によかった。向うへ行って下らないことをして遊んで来る人もあったろうが、この制度が中止されてから、一方では空気が沈滞《ちんたい》して固定する傾向が起るし、他の一方では上べだけ外国のまねをする傾向が起った。

アメリカでうらやましく思うのは、アメリカとヨーロッパの間に人の往き来が大へん気軽に行われることである。フランスから来ていた留学生が、ちょっと正月休みにパリに帰るという。私がアメリカに行くときには、一族が集ってきたり、新聞社の人達が来たり、船は何等であったとか何とか、やかましいことであった。帰って来るとまた何か話をしてくれとか、書いてくれとか、こんな内容のからっぽな原稿を書くのもそういうことの産物である。いやがる人間に無理にものを書かす悪習慣は日本だけらしい。——うっぷんばらしで少し脱線した。

科学と国境

ところが、近頃政治上の関係で時々学者の交流や情報の交換がむつかしいことにもなるらしい。フックス事件(3)とか最近のポンテ・コルヴォ事件(4)などがあると、情報交換に学者が神経質にならざるを得ないのである。

アメリカにしてもイギリスにしても戦争中ソヴェトは味方だったのだから、フックス博士などがそれに何とか力になりたいという気分から、自分の研究をもらしたこともありがちなことだろう。そこでパウリ先生のように、戦争中アメリカにおりながら、一切の秘密事項に関することはおことわりという人も出てくる。

現在のところ、まだ純粋研究の情報交換が直接制限されてはいない。しかし二つの世界の対立から、それが昔のようになめらかにいかないことはたしかである。まず東と西の間に人間の交流は全くないといってよい。文献の交換も不十分である。鉄とか竹とかうすぎぬとかいろいろのカーテンが国境にはりめぐらされている。

とにかく二つの世界の対立がこうして科学の発達をおくらしていることはたしかである。いろいろな国が徳川時代の鎖国に似たことを多かれ少なかれやっている。

こういう事情で、欧米の学者の政治に関する関心について私の見たところを聞きたがる人が多い。これは私も大いに知りたいことであったが、大がいの米人は私が赤ん坊のようなかたこと英語でしかしゃべれないのを聞いては、私に政治論をもちかける勇気もくじけるらしい。従って、この問題について私はあまり答える材料をもっていない。しかし、アメリカにいる多くの学者の中には、ヨーロッパからナチスに追われたり、その他の政治的事情で新大陸に来た人がたくさんいる。また、欧州にはいろいろな国が境を接して常に問題をはらんでいる。そういう点であちらの人はわれわれよりはるかに政治的に苦労も訓練も受けており、国と国との問題に常に関心をもっているだろうと思われる。しかしそういう問題には一切関心をもたずに研究ばかりしている人も多いのかもしれない。パウリ先生のように、自分はそういうことから超然としているのだとはっきり表明して超然としている人もいるが、何もいわないで研究ばかりしている人の声は一切きこえないのが普通である。だから表にあらわれないからといって、そういう人がいないとはいえないであろう。私の想像にすぎないが、ディラック先生などは、あまり政治に関心がありそうには思われない。

（一九五一年　四五歳）

暗い日の感想

夢と物理

僕は若いころ、浮世離れした生活をしたいと思い、物理学を選んだのもある意味ではその気持の現われかも知れない。理論物理という学問は、昔は非常に俗離れした、あまり世の中と関係のないものとされていた。僕が理研へ行くことになって東京へ出て来たとき、上京した次の日曜日、上野公園へ見物に行ったついでに松坂屋で本を一冊買った。それはゴーギャンのタヒチ島を書いた綺麗な版画の挿絵のある本で、大変面白く読み、タヒチ島に行って生活したいというのが当時の僕の夢だった。この夢は今でもあるが、悟《さと》りきれない僕は今なお俗事で奔命《ほんめい》に労《つか》れている。放射能の灰が降る現在では、南の島の夢は破れるばかりである。

物理にばかり熱中していることができなくなり、いわゆる俗事に引張り出されて、否応《いやおう》なしに悩まされるようになったのは、仁科さんが死んでからである。どちらかといえば、自分の身の振り方とか、学問のありかたとか、そういう問題についてあまり責任のない時だったので、今から見ると呑気《のんき》なものであった。それだけに仁科さんの死は僕にとって大きな打撃だった。

よく物理が好きかときかれるが、それほど好きそうでもないようだと思うことの方が多い。外国の物理学者を見ていると、ときどき異様な感じを受けることがある。食事をしてる時でも、酒を飲んでる時でも、すぐ物理のディスカッションを始め、紙と鉛筆を出して式を書き、まるで何か憑《つ》かれた人という感じで、こちらはとてもついて行けない。ドイツに行っていた時、同じ物理教室に来ていたインド人がクリスマスの休みにシュワルツワルド(1)に独り遊びに行って、森の中の雪中で凍死した事件があった。非常に孤独な男で、ドイツ人たちとも親しめず、いっしょに映画を見たり、お茶をのんだりしたのはおそらく東洋人の僕だけだったようだ。それで僕も若いころだし、外国に来て淋《さび》しい気持だったので、このインド人の死からは非常にショックを受けた。ところが、学校が始まって第一回のゼミナールの時、ハイゼンベルクが、「今回は悲しいニュースがある。われわれの物理のメンバーの一人が山中で凍死した。非常に悲しい」という話が終ると、すぐ黒板に式を書き始めた。僕は雪の中で死んだインド人が一つの民族の運命を暗示しているような気がして、ひどく憂鬱《ゆううつ》だったので、この悲しい報告が終るとたんに物理学という非人情なものに瞬間的に移り変り得る人たちが、大変異様なものに見えた。僕など日本人の中では非人情な部類だと見られているようだが、外国人にくらべると、やはりだらしがないようである。

研究と責任

研究がよい結果を産むか悪い結果を産むかで躊躇《ちゅうちょ》することがある。やった結果がはじめから悪いとわかっているなら、やらないですませる。しかし、やらないために却《かえ》って悪くなる見透《みとお》しがあれば、やらないのは一種のサボ行為といえる。やることによって悪い方に使用されるという責任と、やらないことによって、もっと人間が幸福になれるのを妨《さまた》げるという責任――この二つの責任を感じて、僕たちはハムレットのように悩む。

たとえば子どもにマッチを持たせると危険であるが、いつまでも持たせなければ野蛮人《やばんじん》のようにマッチのつけ方も知らないものになる。ところでマッチをつけてみせると、早速とんでもないところに放火する心配ができる。子どもの場合はある程度教えることによって導《みちび》くこともできるが、教育も受けつけない異常性格者がマッチを持ったらどうなるか。「第二の火」といわれる原子力に対しての物理学者の悩みはここにある。しかもその成否の鍵を原子物理学者が握っているような印象を世人《せじん》は持っている。どこまでがわれわれの責任か——と、特に日本の場合、僕たちはいらいらとして来さえする。

原子物理学者が何でも知っているかのようにとんでもない質問を受けるが、知っていると思うのが間違いのもとである。「知らざるを知らずとする、これ知れるなり」と孔子がいっている。また原子物理学者の判断がすべて正しいと思ったら、これも間違いである。この二つの前提をおいての質問なら、物理学者も返答しやすいことだろう。

原子力にしても、これは単に物理学だけの問題ではない。むしろむつかしいのは技術の方にある。また原子炉《げんしろ》をつくってエネルギーを取出すところまでは原子物理学者および技術者の問題の範囲だが、その出したエネルギーをどうするかは、経済と政治の問題で、これがさらにむつかしい問題である。人間の幸福のために使うか、不幸のために使うかは、自然科学者も人間の一人として関心をもたざるを得ないが、それは自然科学自体の問題ではないと思う。

大きなエネルギーが出て来た結果は第二の産業革命を招《まね》くであろう。ところでこれは物理学者が方程式を解いたり、九十いくつの元素の組合せで問題を解いていくよりも、さらに複雑怪奇な問題である。何しろ実験という有力な方法が用いられない。この難問題を科学的に処理する受入れ体制が日本の現状にあるかどうか、はなはだ心配である。政治や経済の問題に解答の出ないのも原子物理学者が資料を十分出していないからという非難も聞くが、その資料提出に協力する気持はある。けれども資料を提出しても、こちらの希望や意見に答えるだけの意欲に燃えているだろうか。原子核研究所の経費は削減しても、原子炉予算を天下りさせるというちぐはぐは、われわれの協力が不足していたせいだろうか。

研究の方法

原子物理学者の行き方に三つの方法がある。第一は現在の事実には一切眼をつぶって、千年先のことを考えて純粋な研究をすること。第二は千年先の研究は抛《ほう》って、現在のことに捲込《まきこ》まれ、正しいと考える主張を実現すべく己《おのれ》を無にして努力すること。第三はどっちつかずの立場で、適当に研究もし、現実の問題にも捲込まれない程度にタッチする。

僕などは率直にいって、第一の方法が一番好きなのだが、止むを得ず第三の方法によっている。タヒチ島に行くのも諦《あきら》めて、委員長などを引受け、学術会議に出て報告をしたり、議会に呼ばれて意見なるものを聴取されたり、何だかからまわりをしているような気がする。そして仁科さんのことを思い浮べる。仁科さんの対社会的な生き方がその努力に比して、結果においてはいかに無力であったか——これは何百年先のことを考えれば無駄ではなかったと思うが——悪戦苦闘の末を見ると、深い疑いを持たされる。

泥まみれになって戦う意義は認めるけれど、近頃の不愉快な実例を見ていると、やはり先の第一の行き方が一番純粋で力強い気持がする。そうは思っても非人情になり切れない僕の弱さがある。本当の人情は、ある面からいえば、非人情に徹《てっ》するところから産まれると思う。ゴーギャンがタヒチ島へ行っての仕事が多くの人に喜びを与えたように、自分自身の喜びが他の人をも喜ばせる仕事が一番理想的なものであると思うのだが……。

原子力時代

原子力の悪用の害悪はあまりにも大きい。その発見は人類の進歩のため喜ぶべきだと、何とかして考えたい。しかし、アナロジーを持って来るのは非科学的かも知れないが、動物の進化の法則も必ずしも合目的ではないようだ。巨大な大昔の爬虫類《はちゅうるい》や、マンモスのグロテスクに曲った牙《きば》がよい例だ。自然界では、場合によっては滅びることを目的としているように見えるものがある。それは必要に迫《せま》られたというよりも、進化論学者から文句が出るだろうが、発展の法則それ自身が非合目的であるのかも知れない。これは自然科学も、人類の文明も含めていえることではないか。

従来の自然科学の発展は割合にコントロールが初めからあった。第一回の産業革命となった蒸気機関の発明も、ある国ではコントロールに当り種々問題を起したところもあるようだが、他の国では影響が徐々に来たので、穏《おだ》やかな推移で何とか経過できた。意識的にやらないでも、自然の抵抗や反作用による復元力で、ある程度のコントロールがおのずから行なわれていたといえるかも知れない。けれども原子力の場合はその威力があまりにも巨大なので、その穏やかな推移が期待できるか疑問である。数百年後の楽観はできても、目前ははなはだ暗いといえる。

日本はあらゆる事柄が原子力時代からはるかに遠い状態にあるのではないか。物理学や技術のことではなく、日本という国の精神年齢十二歳という問題である。十二歳の人間が原子力を振りまわす危険さをよく反省する必要がある。

もし仮に二つの世界で原子力を兵器に使わない協定ができたとしても（なかなか困難であろうが）、次には熱い戦争・冷い戦争とは別の第三の戦争――経済的闘争が起ると思う。これは恐らく資本主義と社会主義の雌雄《しゆう》を決する激烈な競争になるであろうが、この間に挟《はさ》まれた狭い国土の日本はどんな役割を担うことか、全く心配なことである。

勤勉な日本人がどこかの国からエネルギーと資材とをもらい、下請工場ということばは悪いが、その能力に相応《ふさわ》しい報酬《ほうしゆう》を得て、その勤勉さを提供して人類に奉仕し、己もつつましく生きて行く境地も、尊いものかもしれない。しかし、こうした生きかたは圧迫やおしつけでなく、公平という原則の上に行なわれるのでなければならない。世界国家というものが出来れば話は別かもしれないが、今の人間がそれほど合理的に、また人類愛に燃えているとはどうも考えられない。平静《へいせい》のときはよいとしても、競争となるとどんなことをやらかすかわからない。人間を信じ得ないのは悲しいが、全く日本の将来は楽観を許さない。

水爆実験

アメリカは水爆実験を強行した。[2]放射能をおびたマグロや雨に悩まされているが、あの爆発が及ぼす影響について実験をやった方がどれだけのデータを持って、その上で行なったのだろうか、僕たちは何も知らされない。他国に迷惑をかけないというデータを知らせてくれての上なら、どこかの国が自国内で実験をやるのは仕方がないともいえるが、それだけの科学的なデータもなしにやったとすれば乱暴な話ではないかと思われる。雨だけに限っても、八万カウント（京都）とか、二万カウント（東京）の雨がどれだけの害毒があるのか、僕らが神経衰弱になって騒いでいるのか、あるいは必要以上に呑気でいるのか、今のところわかっていない。このようなあいまいな状態で公海を使用したことは、国際法というものからどうなるのだろうか。日本にさえ影響があるのだから、原住民はさらに深刻であろう。場所は彼等の故郷であり、住んでいる島がなくなり飲む水が汚染し食べる魚が有毒となり、絶望的な状態が想像される。福竜丸の人たち以上の打撃が考えられる。日本人は白人と違い原住民に近い生活をしているし、僕などタヒチ島に行きたいという、一種のノスタルジーをもっているのは、南洋の単純な生活をしている人たちに親近感をもつからである。だから彼等に同情する気持が痛切である。

昔、鉱毒事件(3)というのがあってさわいだことがあったが、これは国内の問題であったので問もなくかたづいた。国と国との関係となると、国際法とか国際裁判とか国連とかがあっても、それらの権威はどの程度有力なのであろうか。

研究費

原子核研究所のシステムは日本の原子物理研究者の民主的に選ばれた代表者からできる協議会をつくり、そこで核研の進むべき方向をきめ、それに従って行く方針ができた。ところが、予算が全く削られたので、ようやく所長の予定者と教授の予定者が一人きまった程度で、まだ何も出来ていない。これからいろいろ問題があろうが、大体は研究者たちの気持に副《そ》ったものをつくり得るものと希望的観測をしている。原子力の研究の場合も原子核研究の場合と同じ行き方でゆけるかといえば、はじめの数年間はその行き方でと希望しているが、現実はそう甘くなさそうである。

原子力の問題には純粋の原子核研究ではなく、種々の応用面、応用経営面、さらに政治面というものが入って来る。そしてその場合、原子核研究者が純粋の研究者として、自由に意見が出せ、その最も能率よいと考えるやりかたで自由に研究を進め得るような見透しがあるかどうかが疑問となってくる。この研究面と他の面がうまく調和すればいいが、外部からのエフェクトが相当強くなって悪くふりまわされることも予期せねばならず、相当に暗い面もありそうだ。

悪用のおそれは誰でも心配するが、そのほかに現実的にいって予算の削減がある。初年度には何とかやっても、二年度、三年度はどうなるか。一応約束通り出ると仮定してやろうというのだから、心細いことである。残念ながら政治家に信頼がおけないこと、また政治家が学者を信頼しないことが、最大の障害である。

日本の学問の欠点は純粋な研究を役に立たないものときめこんで、機会を見ては無視したり、悪いときは圧迫したりする。これでは立派な研究は育たない。日本のような貧乏国ではすぐに役に立つ研究でなくては困るという考えもできるが、目前の安易な考えばかりでは、結局は日本のためにもならない。すぐ役に立たないものが日本にいっぱいあるではないかといいたい。一つだけいうと、ビルディングをやたらにたてるより住宅をたてた方がすぐ役に立つのではないか。

この間起った中谷《なかや》宇吉郎《うきちろう》氏(4)の問題――アメリカ空軍の研究費をもらって、北大で研究するという考えにしても、問題は出すべき研究費さえ出さないで、外国にたよらざるを得ないようにしておく日本の為政者にある。現在、留学してる学者の留学費もほとんどの部分が外国からの支出である。そして、アメリカの場合、軍やAEC(5)からの支出であるのが多い。ただし軍からの出費とはいえ、純粋の基礎研究もあって、必ずしも軍事研究とはいえない。中谷氏の場合、それが軍事的なものなら、もちろんはっきり断るべきだと思うが、そうでなくても、こういうことがたびかさなって、研究は外国から金をもらってでなくてはできないのがあたりまえというようになると、ことは重大である。乞食《こじき》根性を一掃するためにも、為政者は学問に対する考えを改める必要がある。

オッペンハイマー

僕はオッペンハイマーに二十世紀の人間の――特に自然科学的人間の――一つの典型を見たような気がする。彼は現代のファウスト(6)のように思われる。自然科学は何といってもメフィスト(7)的な要素があって、彼はそれとけい約して、天上的なものと地上的なものとの間にさまよっているような印象を受ける。これは今世紀の人間全体の運命ではないだろうか。

彼の書いた「私は水爆完成をおくらせたか」(中央公論、六月号掲載)を読んだが、感じられることは、そのときどきで立場は変るけれど、その時における態度が異常にはっきりしていることである。はじめに超然と研究一本やりで、ラジオも聞かず新聞もよまない。それがスペインの内乱やドイツのナチスの暴虐《ぼうぎゃく》に怒りを感じて突然政治に関心をもちはじめ、いろいろな運動に参加し共産主義者とも交わる。原爆を作ることに決まると全力をあげて専心する。水爆の計画が出ると徹底的に反対するが、大統領が決定声明をすると、反対の立場はとにかくとして客観的に計画を考えてみる。この態度がその時ではっきり違うという行き方が、日本人とは大変違うところがあって、彼の場合、単なる時流の低級な便乗者とちがって、良心的であればあるだけ、そして自己の職責を強く意識すればするだけ、そういう行動をとらざるを得ないのである。行動はすっぱりと割切れていて、単に時流に流されているのではない。絶対にハムレットみたいではないし、むしろ自ら進んで歴史の動きに働きかけようというのである。

この行き方の善悪は僕には判断できないが、また僕個人としてこんなに割切った強い行きかたは出来そうもないが、ここに良心的で純粋な科学者の一つの運命をみせられ、ひどく暗く淋しい気持にさせられた。このように傑出した科学者とても、そしてただ単に時流に流されているのではないのにかかわらず、その時流に超然などということは出来ないのはもちろんだが、自分で歴史に働きかけたと思った瞬間、今度は歴史によってどうにもならない目に合わされる。何かよくわからない巨大なものの手でいやおうなしに動かされて行く。オッペンハイマー自身は、自分の変貌を自分自身の進歩であると感じているようだが、東洋人の僕は何となく運命というようなことばを使いたくなる。心の弱いことである。

この事件はアメリカ自体のみならず、二十世紀の世界全体の矛盾、これから起るであろう人類の悲劇の一つの面を象徴的に示しているように、僕には思われる。

（一九五四年　四八歳）

原子核研究と科学者の態度

一

原子核研究は何を目ざしており、なぜそれをやらなければならないかを、物理学者以外の一般の人々に説明することはなかなかむずかしい。物理学の目的というのは、要するに物質の構造をだんだんと奥の方へと突きとめて行くことである。昔の物理学は、大体普通の目に見えるものの性質、法則をそのままに探って行くという行き方であった。ところがだんだんそれが目に見えない原子のいろいろな性質の問題に移って、二十世紀の初めのころから原子の構造がどうなっているかということが問題になりはじめた。だんだんわかって来たことは、原子はまん中に原子全体からみてさらに微小な原子核があって、その周囲に電子が幾《いく》つかぐるぐるまわっているものだということであった。

この原子の核の中のことはしばらく問題にしないでも、その外側の電子のいろいろな性質、電子がどういうふうに動いているだろうかとか、それがどういうふうに物の性質に関係して来るか、そういうことが二十世紀の初めの二十年くらいの間の問題であった。例えばいろいろなものの化学的性質は、要するに周囲にある電子の性質の現われだ、そういうことがわかって来た。そういう意味で化学は物理に吸収されてしまい、そしてほとんどあらゆる日常的な現象——ものを熱くすると光が出るとか、金属の中を電流が流れるとか、さらに物がかたいとかやわらかいとか、これこれの色をもっているとか、そういうことはすべて核の外側にある電子のいろいろな動き方で説明がつく。そして、現象の説明だけでなく、そのもとにあるものがわかると、人工的にそれを組合せて、新しい現象を作り出すことができ、したがって新しい応用が開けてきた。

ところが今世紀の大体三〇年代ころからは、その原子の中にあるさらに微小な核それ自身の中がどうなっているかということに問題が移って行った。この核の中がどうなっているかということは、初めのうちはそれほど日常生活とは関係がつかなかった。日常生活と関係のあるのは、外側の電子の問題でほとんど片づいた。

しかし物理学というのは一つのことがわかるとその奥へまた進むという進み方をする。物理学の本流は、まず目に見えるいろいろなものの性質の間の法則から原子の中の電子の性質、それからさらに進んで原子の核の中の現象を調べるところにきたといってよい。

それではこの核の中がどうなっているか。原子核はさらに基本的な陽子という粒子と中性子という粒子がくっつき合ってできていることがわかっている。そして陽子と中性子がどういうふうにくっついているか、どういうふうに中で動いているかということが原子核物理の問題である。それどころか最近はもっと先に進んで、陽子とか中性子自身の構造が問題になっている。中間子についての研究はこの最尖端《さいせんたん》の問題に関係している。

そこで問題になるのは、そういうことをなぜ研究しなければならないかということである。そんなものを研究しても役に立たない。それどころか原子爆弾のような凶器が出てくるだけだという議論がある。それに対する解答は歴史の中にもとめるべきだと思う。物理学にはいつもそんなことをやっても役に立たないという考えがつきまとってきたことと思う。昔の物理学が目に見えるものの性質だけを取り扱っていた時に、日常の生活にはそれで十分であった。機械を作るには普通の力学で十分であったし、熱機関を作るには普通の熱学で十分であった。それ以上原子の中がどうなっているかを調べても、それはただ知識のための知識であるという議論もその時代にはなりたっただろう。しかし、そう言ってそこで止まっていた方がよかったであろうか。

文明の進歩に何の意味があるかと疑うこともできる。私なども感傷的になってそれを疑うことも時々ないではない。進歩とは何に向って進んでいるのだろうか。これはアナロジーにすぎないが、自然界をみると、動物の進化にしても滅びることに向っているとしか見えないようなものがある。マンモスの牙《きば》はグロテスクに巨大になりすぎて、ついにその種族を滅ぼしたのではないか。古代の馬鹿でかいとかげの類もそうである。人間の文明のうつり変りも、近ごろのように原爆や水爆のようなおそるべきものの出現からみて滅亡の方向に進んでいるのではなかろうか。

しかし歴史の流れを止めることはできない。人間はたえず自然から新しい可能性を発見し、理性と知恵をもっていろいろな矛盾を解決していくべきである。その解決に用いられたものから、また新しい矛盾が生れるであろうが、それを解決するにはまた新しい可能性が求められねばならない。こうして歴史が流れていく。行きつくさきはどこであるのかわからないが、人類の歴史はまだまだよい方に向っているものと信じたい。そして少なくとも言えることは、このやり方で動いていなければ現在の矛盾のために滅亡は直ちにやってくる。こういうものではなかろうか。

二

原子核の研究から何が生まれたかというと誰にも目につくのは原子力である。しかし、原子力が原子核物理の目的ではない。原子核の中に非常に大きなエネルギーが蓄《たくわ》えられているということは早くからわかっていたが、それを外にうまく取り出せるかどうかが問題であった。結局ウラニウム二三五原子核の分裂という非常に特殊な現象が発見されるまで、それは誰にもわからないことであった。原子核物理学者たちは、原子核で起るいろいろな現象を百種類もあるいろいろな元素の原子核について、しらみつぶしにしらべていたが、そのとき多くの人は核のエネルギーを取出すことについてはむしろ懐疑的であった。この可能性がわかったのは百種類にもなる元素のただ一つのウラニウム、そのウラニウムの中でも天然ウラニウムの中に〇・七パーセントしか含まれていないウラニウム二三五の原子核に中性子をぶっつけたとき、核分裂という極めて特殊な現象が起ることをみつけたときであった。したがって原子力は原子核内で起るいろいろな現象のうち、きわめてまれな現象によっている。そしてこのまれな現象がその応用の故《ゆえ》をもって特にとりあげられ、原子力研究というぼう大な応用研究の枝が物理の本流から分れて育って行った。

この原子力はたしかに人類の歴史を左右する大きなことである。しかし本来の原子核研究が原子力研究とごっちゃにされ、この基礎的研究の真の意義が忘れられ、あるいは誤解されていることは残念である。この本流はあくまで物質の奥へ奥へとつき進んで、未知の新しい可能性を求めることである。これに対して原子力研究の方はすでに知られた現象をより有利に利用することである。それは大切なことであろうが、物理学の本流からは一つの枝にすぎない。

三

将来原子核物理の本流が進んで行ったときにどういうものが生まれてくるかを、いま予言することはできない。役に立つということに特定の目的をきめてしまうと、それにぶつかる現象が果してあるかどうか非常に怪しい。現にエネルギー利用という目的は、ウラニウム二三五ではじめて日の目をみたほどチャンスの少ないものであった。基礎的な純粋研究から生まれるものは、あらかじめきめられるものではない。

今世紀のはじめ電子の研究をしていた人たちは、その研究から三極真空管が作られるなどとは、夢にも考えなかったであろう。ところが電子の研究から真空管が生れ今日のラジオの発達となった。そしてラジオというものは、たしかに人間の社会生活に大きくひびいている。印刷術の発明が当時の社会に大きな影響を与えたと中学校で教わったが、ラジオの発達にしても、単に娯楽以上のものであるにちがいない。

このように基礎研究から何が生まれるか、予想できないものがあり、その予想できないものが、いい方でも悪い方でも非常に大きい影響をもたらす。初めから人間の限られた頭で予想できるほどのものは、大したものではないともいえる。そしてこの予想できない可能性の基礎をいつでも用意しておくことが、予想できない矛盾《むじゅん》が思わぬときに現われてくる歴史の流れの中で、人類が対処し生き長らえていくのには欠くことのできないことである。この用意があって初めて人類の適応性が、きわめて幅ひろくなり得るのではなかろうか。

原子核研究というのは、要するに原子核の中の陽子や中性子の結びつきや、その動きを研究し、さらに進んで陽子や中性子自身の構造をしらべることにある。そういう研究をやるのにどういう方法をとるか。原子核は直接目に見るわけにはいかないから、その方法はもちろん非常に間接的である。原子核に外から陽子とか中性子とかの粒子をぶっつけてみる。あるいは一つの原子核に他の原子核をぶっつけてみることもある。そうすると、その激突のために原子核からいろいろ放射線が出たり、原子核がこわれたりする。このこわれかたや放射線をしらべることによって、原子核の中をさぐるのである。

いろいろな粒子を原子核にぶっつけてこれをこわすには、相当猛烈な勢いでその粒子を走らせねばならない。そこでこの粒子を走らせる装置が、原子核研究には欠くことのできないものとなる。サイクロトロンとかその他の加速装置は、この目的で発明されたものである。

加速装置をとび出してくる粒子の速度は、一秒間に日本からアメリカまでとどくほど、あるいはそれ以上のものでなければならない。サイクロトロンで百万ボルトとか一億ボルトとかいうのは、この粒子のエネルギーをあらわすものである。しかし百万とか一億とかいう数字に驚かされてはいけない。一秒間にアメリカまでとどくほど猛烈に走っても、粒子自身あまりにも微小なので、そのエネルギーは日常生活でわれわれが用いるエネルギーにくらべると桁《けた》ちがいに小さい。鉄砲の玉は一秒間に一キロも飛ぶが、鉄砲玉自身が小さいので、一秒間八メートルしか走らない競馬うまのエネルギーより小さいのと同じ、いやそれ以上である。

というのは、日常生活のエネルギーは、数にしておそろしくたくさんの原子があずかっているからである。競馬うま一頭は一兆の一兆倍のさらに十万倍ほどの原子を含んでいる。これらの原子のすべてが一秒間八メートル走ることは、ただ一個の陽子が一秒間にアメリカまで走るときのエネルギーよりはるかに大きい。要するに数がものをいうのである。

この点に気がつくと、原子核研究に用いられる加速装置と、エネルギー利用の装置との質的なちがいが明らかになる。日常生活に役立てるほどのエネルギーを作り出すには、たとい原子核内にどんな大きなエネルギーが蓄えられていようと、一兆の一兆倍というような数の原子でこなされる日常のエネルギーにはとうてい太刀打《たちう》ちできないということになる。原子内で、原子核の外側の電子の動きが日常現象にほかならないが、この外側の電子に蓄えられているエネルギーは、ボルト単位にして数ボルトである。これに対して、原子核内に蓄えられているエネルギーはなるほど一億ボルトにもなるほど大きい。しかし、日常現象において例えば一片の炭のかけらが燃えたとして、このかけらの中には一兆の一兆倍もの原子が含まれているので、全体としては、数ボルトにそれだけばく大な原子の総数を掛け算しただけの多量のエネルギーが出てくるのである。一億ボルトのエネルギーでも、一個の粒子では十億分の一カロリーにすぎない。だからエネルギー利用という観点からいうと数でこなさねば問題にならない。

四

いろいろな原子核現象のうちで、この数でこなす可能性のあるただ一つの現象がウラニウムの核分裂であった。核分裂はウラニウム二三五に中性子がぶつかったときに起るが、その分裂の際にいくつかの中性子がとばっちりのように核の中からとび出してくる。この中性子はさらに近くにあるウラニウム二三五につきあたって、それの分裂を引きおこす。このようにして初め一発の中性子さえあれば、次々と核分裂が伝染していって、ついにそこにある一かたまりのウラニウムの核が全部分裂してしまう。これがいわゆる連鎖反応であるが、この連鎖反応によってやはり一兆の一兆倍という桁の数が物をいうことになる。

原子核研究用の加速装置はこのような桁の粒子を射出する必要は少しもない。むしろこのような大量の粒子は、現象を複雑にするのみで有害である。研究には原子核一つ一つをこわしてたんねんに現象を観察しなければならない。

原子核の中での陽子や中性子の行動をしらべることからさらに進んで陽子や中性子自身の構造をしらべるとなると、さらにボルトの高い加速装置が必要である。しかしこのときも数でこなす必要は少しもなく、かえってそれは目的にかなわない。こうして物理学の本流はより高いボルトへと進むことにあり、数でこなす方には向っていない。これに対して原子力研究は数に物を言わす方向に向わねばならない。原子核研究と原子力研究とは、その目ざす方向も、用いる装置も、全く質的に異なったものである。もちろんどちらも原子核の現象が関係しているのだから、共通した装置も用いられる。例えばガイガー測定器は、どちらの研究にも必要である。しかし本尊《ほんぞん》ともいうべきサイクロトロンと原子炉とは全く異なったものであり、一方の研究が他方の研究につながるものではない。

五

原子核物理から生まれた第一子が、原子爆弾という凶器であったことはきわめて不幸であった。原子核研究の本流につきすすむことは人類の進歩のためにやめることはできないことだと信じても、原子核物理から生まれ出た鬼子《おにご》があまりに凶悪であるので、原子物理学者たちは、自分の研究結果の悪用がいかに不幸なものかと痛切に感じさせられている。なるほどこれは物理学にかぎったことではなくて、科学全般の問題である。化学からは薬も生まれるが毒ガスも生まれる。細菌の研究は伝染病の予防や治療に欠くことができないが、悪用されれば細菌兵器の製造に役に立つ。しかしそうはいっても水素爆弾のかぎりない破壊力を最もよく知っている原子核物理学者が、その点について特に心配をもつのは当然である。特に現在の世界情勢をみると、最近はすこし好転したようにみえるものの、まだ二つの世界の両方で原子爆弾や水素爆弾をあとからあとからと作っている。こういう状態で、特に日本では、そのおかれている国際関係からみて、原子力の研究のみならず原子核研究をやることはあぶないことではないか、という心配のあるのは当然である。

原子核研究をやっている人間の間で、原子核の基礎研究を、このような情勢下でも、やはりもっと進めるべきではないかという考えが出たのは、二年ばかり前のことであった。しかし、この人たちも同じ心配をもったので、学術会議にこれを取上げてもらい、この問題はそこで慎重に検討された。その結果、原子力研究についてはなおいろいろ考えるべき点が多いが、原子核研究はその目的も装置も原子力とは異なっており、原子兵器との直接の関係もないことであり、また、純粋に基礎的な研究は、どういう事態においても育てていかねばならぬとの観点から、原子核研究所の設立が学術会議全体として要望された。そしてその設置を政府に申入れようときめたのは昨年春の総会のことであった。その後この研究所のあり方について、原子核研究をやる人間の間でいろいろ論議され、検討され、研究所の目的を明瞭に原子核研究にかぎることにし、また、この研究所は東京大学が管理するが、ここで研究の方針は、全国の研究者が協議によって定め、全国の研究者がその方針にしたがってここを研究の場所に利用する、というやり方で行くことになった。このように、この研究所はいわゆる原子炉予算のようにぽっかり出たものでなく、また原子炉予算で作られるものでもなく、それとは無関係にもっと前からいろいろ慎重に検討されてきたものである。そして、この原子核研究所がいよいよ東京西郊の田無《たなし》という町にある東大農場の一部にたてられることになったとき、田無の町の人々の反対にぶつかった。

町の人々の反対の理由はいろいろであるが、要するに原子核の研究者たちや、学術会議の人びとが心配したのと同じ心配がその中心である。私も町に出かけて行って、町の人びとの声をきいた。町の人の、その日の生活に困っている人間があるのに、原子核の研究などなんのことか、もっと人を幸福にすることが先であるという声にも、人間として動かされた。また、学者がいろいろ悪用されないように気をくばっても結局政治の力におし流されて、爆弾を作るようになるにちがいない、という声にも考えさせられた。この人たちのこういう心配は、実に肉体的なものであって、聞くものに強い印象を与えたのである。われわれは、われわれの研究所をそうやすやすと兵器工場に転換させるものかと信じているし、それはそうやすやすとできることではないと考えていても、今の政治のいつわりにみちたありさまをみている人たちが、この不安をもつことを否定できない。

しかし、それにもかかわらず純粋の研究だけはやめるわけにはいかない。科学者は、国民に対して研究を怠《おこた》らずやる義務をもっている。たとえば原子核研究を日本の科学者が今までも細々《ほそぼそ》ながらやっていたからこそ、ビキニ事件にあれだけ対処できたのであって、あのときもし日本の科学者がガイガー管の使い方も知らず、灰の分析法も研究していなかったとすれば、これは重大な怠慢《たいまん》であり、国民に対する義務を怠っていたという責任を負わねばならぬ。

このように反対の有無にかかわらず研究はやらねばならぬと研究者たちは信ずるが、それは国民から研究者が監視されていることを意味する。そして万が一、反対した人のいった通りの事態に将来なったとしたら、この人たちにどういう顔むけができるであろうか。そう考えると、研究者は自分の行動を常に反省して、軽々しいことはやれないことになる。この田無の事件はこの点を研究者たちに肉体的に印象づけたという点で非常な意味があるのではなかろうか。

科学者が一方では研究を遂行せねばならぬ義務を負っており、同時に他方ではそれの悪用に対しても責任をもたねばならぬとして、科学者自身の力がここでいかにも弱いものであることも事実である。科学者自身が自分の行動を軽々しくしないということだけで、悪用を防ぐことはできない。この点で科学者は非常に苦悩するのだが、結局科学の悪用を防ぐのは、国民全体、人類全体の意志と力でなければならない。その意味からいって、田無の人々がこの問題に大きな関心をもつということは敬意を表すべきことである。そして今度の出来事で科学と人間という問題と、そして科学者も人間であるということの自覚がわれわれの間に深められたのである。

（一九五五年　四九歳）

鳥獣戯画

1［結跏趺坐］右足の甲を左ももの上、左足の甲を右ももの上に（足組みは反対の場合も）のせる座りかた。**2**［高山寺］京都北西山中の栂尾にある寺院。世界文化遺産。国宝「鳥獣戯画」（正式名称「鳥獣人物戯画」）が伝来。**3**［明恵上人］鎌倉時代前期の華厳宗の僧（一一七三―一二三二）。高山寺の実質的な開祖とされる。**4**［承久の乱］一二二一年、後鳥羽上皇が鎌倉幕府討伐のため挙兵し敗れた反乱。**5**［河鹿］カジカガエル。古来美しい鳴き声で知られた。

ねこ

1［かつて異郷にいたとき］一九三七年、朝永はライプチヒ大学に留学し、ハイゼンベルクのもとで原子核理論研究に取り組んだ。一九三九年帰国。**2**［ライプチヒ］ドイツ東部ザクセン州の都市。朝永の留学先。

蚊・蚤・蠅・われら

1［ＤＤＴ］ジクロロジフェニルトリクロロエタン。農薬・殺虫剤に使用されていたが、環境に深刻な影響を与えることが発覚、日本での製造・使用は禁止。**2**［筌］「うけ」とも。筒状、ないし底のない徳利状に竹を編み、入口に返しをつけて魚などを捉える。**3**［魞］岸から直角に竹簀を立て、魚を誘導して捉える漁具。琵琶湖のものが有名。

体育と私

1［大学の学長］一九五六〜六二年、朝永は東京教育大学（現在の筑波大学）の学長を務めた。

武蔵野に住んで

1［天文台］三鷹市南部に位置する東京天文台（現国立天文台）。**2**［キリスト教大学］国際基督教大学のキャンパス。

西田町一丁目

1 ［西田町一丁目］現在の東京都杉並区荻窪付近の地名。
2 ［川］この付近を流れる善福寺川のことか。

父

1 ［父］京都学派の哲学者、朝永三十郎（一八七一―一九五一）。カントなどの研究で知られた。 2 ［マイエルの百科辞典］ジョセフ・マイヤーが一八四〇年～五五年に刊行したドイツの代表的な百科事典。全四十六巻、補遺六巻。 3 ［瓦全］大したこともせず生き長らえること。 4 ［暁烏先生］暁烏敏。真宗大谷派の僧（一八七七―一九五四）。

私と物理実験

1 ［石井研堂］文化史家、編集者（一八六五―一九四三）。『理科十二ヶ月』は一九〇一年の刊行。 2 ［コンデンサー・レンズ］集光レンズ。像を映す面を均一に照らす役割がある。 3 ［硫酸紙］トレーシングペーパー。薄い半透明の紙。 4 ［ツリガネ虫］淡水に棲息する単細胞生物。名前の通り、円錐形の体をしている。 5 ［偏光鏡］偏光器。このとき朝永が作った偏光鏡は、現在でも筑波大学で保存されている。

垣ねの外、塀の下

1 ［アカザ］高さ一メートルほどのヒユ科の一年草。 2 ［京都の古いお寺のなか］当時朝永家は、京都大学のすぐ南の大寺院・聖護院の一角に住んでいた。 3 ［フーカデン］牛ひき肉に玉ねぎと卵とパンをまぜ、かまぼこ状にして焼いたもの。もしくはひき肉で包んだゆで卵を焼いた料理。

鏡のなかの世界

1 ［リー、ヤンのパリティー非保存］P対称性の破れとも。物体に鏡に映したときに物理法則が同じにならないこと。物体にはたらく重力、電磁気力、強い力、弱い力のうち、前三つは鏡に映しても等しい物理現象となるが、素粒子間ではたらく弱い力はそうならない。この発見により、李政道と楊振寧は一九五七年のノーベル物理学賞を受賞した。

見える光、見えない光

1 ［JOAK］NHK東京放送局のコールサイン。ここではＮＨＫラジオ第一放送を指すと思われる。

原子研究の町

1［Institute for Advanced Study］アメリカのニュージャージー州にある研究機関、プリンストン高等研究所。**2**［クライン先生］オスカル・クライン（一八九四―一九七七）。スウェーデンの物理学者。仁科芳雄とともにクライン＝仁科の公式を導いた。**3**［パウリ先生］ヴォルフガング・パウリ（一九〇〇―五八）。スイスの物理学者。**4**［仁科先生］仁科芳雄（一八九〇―一九五一）。物理学者。理化学研究所の重鎮として活躍、朝永や湯川秀樹などから慕われた。**5**［ディラック博士］ポール・ディラック（一九〇二―八四）。イギリスの物理学者。朝永らが翻訳に悪戦苦闘した（一六四ページ参照）『量子力学』を著した。**6**［ババ博士］ホミ・バーバ（一九〇九―六六）。インドの物理学者。**7**［肴町］駒込肴町。現在の東京都文京区向丘二丁目付近。本郷三丁目から北に約二キロ。**8**［西片町］文京区西片。東大本郷キャンパスから西に約五百メートル。**9**［嵯峨根くん］嵯峨根遼吉（一九〇五―六九）。物理学者。長岡半太郎の五男。**10**［小平さん］小平邦彦（一九一五―九七）。数学者。日本人初のフィールズ賞を受賞（一九五四年）。**11**［コロニカル・スタイル］コロニカルはコロニアルのことか。十七〜八世紀、英仏蘭などの植民地で発達した建築様式。

ボロ家の楽しみ

1［うちの大学］朝永が学長を務めていた東京教育大学（現在の筑波大学）。**2**［どん底］ゴーリキーの戯曲『どん底』原作の黒澤明監督の映画（一九五七年）。江戸時代の長屋の貧しい人々が描かれる。**3**［京都の中学校］京都府立京都第一中学校（現在の京都府立洛北高等学校）。**4**［ドーミエ］オノレ・ドーミエ（一八〇八―七九）。フランスの画家。

わが放浪記

1［日本学士院会員］日本学士院は、学術上功績顕著な学者の顕彰機関。朝永は一九五一年から会員。**2**［鰉］コイ科の淡水魚。**3**［小田実］作家（一九三二―二〇〇七）。世界放浪記『何でも見てやろう』がベストセラーに。

十年のひとりごと

1［超多時間理論］素粒子の性質を扱う「場の量子論」を相対論的に表現する手法。**2**［場の反作用］物質が場に力を及ぼすとき、場が物質に及ぼす効果。**3**［中間結合］素粒子の相互作用の強さが中程度のときの近似理論。**4**［磁電管］マグネトロン。マイクロ波用真空管の一種。レーダーや電子レンジで使用される。**5**［Sマトリックス］S行列、散乱行列。場の理論で粒子の散乱を考える際に使われる。**6**［田宮先生］田宮博（一九〇三—八四）。植物生理学者。光合成やクロレラの研究を行う。**7**［文理大］東京文理科大学。東京教育大学の前身のひとつ。朝永は一九四一年から文理大教授。**8**［朝日賞］一九四六年、「中間子論の発展と超多時間理論」の功績で朝永は朝日文化賞を受賞。**9**［質量にくりこめそう］場の量子論において電子の質量の計算結果が無限大にならないようにする技法が「くりこみ」。この業績により朝永は、シュウィンガー、ファインマンとともに一九六五年のノーベル物理学賞を受賞。**10**［坂田先生］坂田昌一（一九一一—七〇）。物理学者。理化学研究所では朝永から指導を受けた。**11**［C中間子の理論］電子の質量が無限大になってしまう問題解決のため、凝集力場という新しい場を考えることで解決を図った坂田たちの理論。**12**［ラム］ウィリス・ラム（一九一三—二〇〇八）。アメリカの物理学者。**13**［シュウィンガー］ジュリアン・シュウィンガー（一九一八—九四）。アメリカの物理学者。朝永とともにノーベル物理学賞を受賞。**14**［ファインマン・グラフ］ファインマンダイアグラムとも。場の量子論において、複数の粒子の動きを図にしたもの。リチャード・ファインマン（一九一八—八八）はアメリカの物理学者。朝永とともにノーベル物理学賞を受賞。**15**［科研］戦後、理化学研究所はGHQにより解散させられ、株式会社科学研究所として再出発した（一九五八年再度理化学研究所に）。**16**［サイクロトロン］円形加速器。荷電粒子を加速させるのに用いる。核反応実験などに用いられた。戦時中に理化学研究所が完成させたサイクロトロンは戦後GHQによって破棄された。**17**［基礎物理学研究所］一九五三年に京都大学に附置された研究所。初代所長は湯川秀樹。**18**［宇宙線観測所］一九五三年に東京大学に附置された観測所。現在の東京大学宇宙線研究所乗鞍観測所。宇宙線とは、宇宙空間からの高エネルギーの放射線と、それが大気中の原子核と衝突してできる放射線の総称。**19**［原子核研究所］一九五五年に東京大学に附置され、田無（現在の西東京市田無町）に設置された研究所。二〇〇〇年に高エネルギー加速器研究機構の一部門となって茨城県つくば市に移転。

わが師・わが友

1［石原純］物理学者、歌人（一八八一―一九四七）。長岡半太郎、アインシュタインに学んだ。**2**［非ユークリッド幾何］平行線は交わらないという公理は成り立たないとする幾何学。**3**［ボーア］ニールス・ボーア（一八八五―一九六二）。デンマークの物理学者。**4**［堀健夫］物理学者（一八九九―一九九四）。朝永の義兄でもある。**5**［分光学］物質が放射、吸収した光を分析し、物質の性質や構造などを調べる学問。**6**［マトリックス力学］行列力学とも。原子内の電子を記述する力学。ハイゼンベルクが提唱し、量子力学の端緒となった。**7**［岡潔］数学者（一九〇一―七八）。**8**［秋月康夫］数学者（一九〇二―八四）。**9**［田村松平］物理学者（一九〇四―九五）。**10**［西田外彦］物理学者（一九〇一―四九）。哲学者西田幾多郎の次男。**11**［木村正路］物理学者（一八八三―一九六二）。**12**［菊池正士］物理学者（一九〇二―七四）。**13**［藤岡由夫］物理学者（一九〇三―七六）。**14**［竹内柾］物理学者（一九一一―二〇〇一）。**15**［ハイゼンベルク］ヴェルナー・ハイゼンベルク（一九〇一―七六）。ドイツの物理学者。量子力学の基礎を築いた。

思い出ばなし

1［鈴木梅太郎］農芸化学者（一八七四―一九四三）。ビタミンB1抽出に成功。理研では合成酒（理研酒）などの製造に携わった。**2**［ガイガー計数管］ガイガーカウンター。**3**［小林稔］物理学者（一九〇八―二〇〇一）。**4**［玉木英彦］物理学者（一九〇九―二〇一三）。**5**［あかつめ草］ムラサキツメクサ。**6**［サイカチ］マメ科の落葉高木。**7**［小谷正雄］物理学者（一九〇六―九三）。**8**［犬井鉄郎］物理学者（一九〇五―八九）。**9**［永宮健夫］物理学者（一九一〇―二〇〇六）。**10**［物性論］物性物理学。物質の性質を原子論的視点から研究する。**11**［湯川理論］湯川秀樹のノーベル賞受賞理由となった中間子論。**12**［貸別荘］群馬県長野原町の別荘村・法政大学村の一棟を、仁科は法政大予科長・野上豊一郎の妻・野上弥生子の肝煎りで借用した。**13**［四阿山］浅間山の北西、長野・群馬県境の山。標高二三五四メートル。日本百名山。**14**［鳥居峠］浅間山と四阿山の間の峠。**15**［梅田魁］物理学者。**16**［学術会議会長］一九六三〜六九年、朝永は日本学術会議会長を務めた。

物理と哲学と政治

1［武谷君］武谷三男（一九一一—二〇〇〇）。物理学者。**2**［百尺竿頭］百尺の竿の先。到達すべき極地。**3**［フックス事件］ドイツ・イギリスの物理学者クラウス・フックス（一九一一—一八八）がソ連のスパイとして逮捕された。**4**［ポンテ・コルヴォ事件］イタリアの物理学者ブルーノ・ポンテコルヴォ（一九一三—九三）がスパイとされ、ソ連に亡命。

暗い日の感想

1［シュワルツワルド］シュヴァルツヴァルト（ドイツ語で黒い森の意）。ドイツ南西部の森・山地。**2**［水爆実験を強行］一九五四年、アメリカはビキニ環礁で水爆実験を強行、日本の第五福竜丸など多数の漁船が被曝。**3**［鉱毒事件］足尾銅山鉱毒事件。銅山の鉱毒で渡良瀬川一帯が汚染され、明治時代に社会問題化。**4**［中谷宇吉郎］物理学者（一九〇〇—六二）。雪の研究で著名。**5**［ＡＥＣ］アメリカ原子力委員会（Atomic Energy Commission）。**6**［ファウスト］ドイツの伝説上の人物。悪魔と契約し、自らの魂と引き換えに魔術的知識を得る。ゲーテの戯曲で有名。**7**［メフィスト］メフィストフェレス。ファウストに知識を授ける悪魔。

朝永振一郎

ともなが・しんいちろう（一九〇六〜一九七九）
物理学者

生まれ
明治三十九（一九〇六）年三月三十一日、東京市小石川区に誕生。父三十郎は哲学者。母はひで。生誕翌年、父の京都帝国大学助教授就任により京都に転居。京都第一中学校、第三高等学校、京都帝大理学部物理学科を卒業。湯川秀樹は高校、大学の同級生。

勤め
昭和七（一九三二）年、仁科芳雄の推挙で理化学研究所の研究生に着任。当時の理研の様子を朝永は「科学者の自由な楽園」と表現している。昭和十六（一九四一）年より東京文理科大学（のちの東京教育大学、現筑波大学）教授。戦後すぐプリンストン高等研究所に滞在。東京教育大学長も務めた。

家族・結婚
弟の陽二郎は地理学者。姉しづ、妹綏子。昭和十五（一九四〇）年結婚。妻は東京天文台長を務めた関口鯉吉の長女領子。二男一女あり。領子の伯父は言語学者の新村出。

交友
生涯の師は仁科芳雄。理研の人びととの交友も終生続いた。円地文子、野上弥生子、大佛次郎など文学者とも交流。世界的な数学者小平邦彦は、プリンストン高等研究所に同時期に滞在、下宿も同じであった。

ノーベル賞
昭和四十（一九六五）年、くりこみ理論による「量子電磁力学の発展への寄与」により、湯川に次いで日本人二人目のノーベル賞（物理学賞）を受賞。

粋人
理研時代に嗜みはじめた酒は生涯の友となった。教育大学長時代には学長室にウィスキーを常備。ノーベル賞受賞祝いに叔父と朝から痛飲し、風呂場で転んで骨折、ノーベル賞授賞式典を欠席した。式には出たくなかったようで、後年「ケガの功名」とうそぶいている。落語、歌舞伎、新劇などに親しみ、余興でドイツ語の落語を披露したことも。

平和運動
現代物理学の第一人者として戦後の反核兵器・平和運動に積極的に寄与、核兵器と戦争の廃絶を目指すパグウォッシュ会議に貢献した。世界平和アピール七人委員会の委員も務めた。

もっと朝永振一郎を知りたい人のためのブックガイド

「物理学とは何だろうか」全二冊、朝永振一郎著、岩波新書、一九七九年
古代から二十世紀の入り口に至る物理学史を描いた名著。単なる解説にとどまらず、随所に朝永の科学観がかいま見える。朝永の急逝で、相対性理論、量子力学の前で終わってしまったのが惜しまれる。

「鏡の中の物理学」朝永振一郎著、講談社学術文庫、一九七六年
表題作では講演の名手でもあった朝永の平明かつ軽妙な語り口が味わえる。素粒子「波乃光子」の裁判を通じて量子力学が理解できる「光子の裁判」などを併録。

「科学者の自由な楽園」朝永振一郎著、江沢洋編、岩波文庫、二〇〇〇年
量子力学の第一人者である編者が選んだ朝永の名篇の数々。仁科芳雄時代の理化学研究所の自由な空気を表現した表題作ほか、紀行文なども収める。

「プロメテウスの火」朝永振一郎著、江沢洋編、みすず書房、二〇一二年
現代物理学研究の第一人者として、核兵器や原子力発電への責任を強く感じていた朝永。福島第一原発事故以降を生きるわれわれが、いまこそ読み返すべき言葉が満載。

「回想の朝永振一郎」松井巻之助編、みすず書房、二〇〇六年（新装版）
朝永自身の文章も織り交ぜつつ、幼少期から晩年に至る足跡をたどる。弟陽二郎や妻領子、仁科研究室でともに過ごした玉木英彦や小林稔など、貴重な証言が詰まっている。

その他、量子力学についての朝永著の学術書に、**「量子力学」**（全二冊、みすず書房、新装版一九六九・九七年）、**「スピンはめぐる」**（みすず書房、新版二〇〇八年）などがある。

本書は、以下の本を底本としました。
左記以外…『朝永振一郎著作集』（以下『著作集』）1、みすず書房、一九八一年（新装版二〇〇一年）
「物理と哲学と政治」…『著作集』4、みすず書房、一九八二年（新装版二〇〇一年）
「原子核研究と科学者の態度」…『著作集』6、みすず書房、一九八二年（新装版二〇〇一年）
「見える光、見えない光」「原子研究の町」…『著作集』別巻1、みすず書房、一九八五年（新装版二〇〇二年）
表記は、新字新かなづかいに改め、読みにくいと思われる漢字にはふりがなをつけています。また、今日では不適切と思われる表現については、作品発表時の時代背景と作品価値などを考慮して、原文どおりとしました。
なお、文末に記した執筆年齢は満年齢です。

装画・スケッチ　朝永振一郎（所蔵・画像提供：筑波大学 朝永記念室）

STANDARD BOOKS

朝永振一郎 見える光、見えない光

発行日――2016年10月7日 初版第1刷
2020年12月10日 初版第3刷

著者――朝永振一郎

発行者――西田裕一

発行所――株式会社平凡社
東京都千代田区神田神保町3-29 〒101-0051
電話(03)3230-6580[編集]
(03)3230-6573[営業]
振替 00180-0-29639

印刷・製本――シナノ書籍印刷株式会社

編集協力――大西香織

装幀――重実生哉

ISBN978-4-582-53158-9
NDC分類番号914.6 B6変型判(17.6cm) 総ページ224
平凡社ホームページ https://www.heibonsha.co.jp/

STANDARD BOOKS　刊行に際して

STANDARD BOOKSは、百科事典の平凡社が提案する新しい随筆シリーズです。科学と文学、双方を横断する知性を持つ科学者・作家の珠玉の作品を集め、一作家を一冊で紹介します。

今の世の中に足りないもの、それは現代に渦巻く膨大な情報のただなかにあっても、確固とした基準となる上質な知ではないでしょうか。自分の頭で考えるための指標、すなわち「知のスタンダード」となる文章を提案する。そんな意味を込めて、このシリーズを「STANDARD BOOKS」と名づけました。

寺田寅彦に始まるSTANDARD BOOKSの特長は、「科学的視点」があることです。自然科学者が書いた随筆を読むと、頭が涼しくなります。科学と文学、科学と芸術を行き来しておもしろがる感性が、そこにあります。

現代は知識や技術のタコツボ化が進み、ひとびとは同じ嗜好の人としか話をしなくなっています。いわば、「言葉の通じる人」としか話せなくなっているのです。しかし、そのような硬直化した世界からは、新しいしなやかな知は生まれえません。

境界を越えてどこでも行き来するには、自由でやわらかい、風とおしのよい心と「教養」が必要です。その基盤となるもの、それが「知のスタンダード」です。手探りで進むよりも、地図を手にしたり、導き手がいたりすることで、私たちは確信をもって一歩を踏み出すことができます。規範や基準がない「なんでもあり」の世界は、一見自由なようでいて、じつはとても不自由なのです。

このSTANDARD BOOKSが、現代の想像力に風穴をあけ、自分の頭で考える力を取り戻す一助となればと願っています。

末永くご愛顧いただければ幸いです。

2015年12月

ロゴマークデザイン：重実生哉